로트렉

崔雙仲/해설

서문당 · 컬러백과　　　　서양의 미술 ㉘

崔 雙 仲 약력

서양화가. 홍익대학교 졸. 1976~78년 유럽
채재. 화집 발간.

자화상
HENRI DE TOULOUSE-LAUTREC PAR LUI-MÊME

화가로서 인물을 위한 많은 소묘를 한
로트렉이 유화로 그린 초기의 작품이며,
무릇 화가들이 그러하듯이 가장 가까운
모델인 자신의 얼굴을 놀랍게도 나이 16세
때 그려 낸 수작이다.
전체 화면에 꽉차지 않은 공간의 여유를
가진 후광의 명도의 대비가 시선을 끈다.
특히, 인물이 받는 밝은 광선을 위해 좌측에
둔 악기의 검은 케이스는 화면에 힘을 가져다
주고, 속도 있는 붓의 터치와 짜임새 있는
화면 구성은 일찌기 풍부한 재능의 일부를
유감 없이 발휘했다고 볼 수 있다.

1880년 厚紙 油彩 40.3×32.4cm
알비 미술관 소장

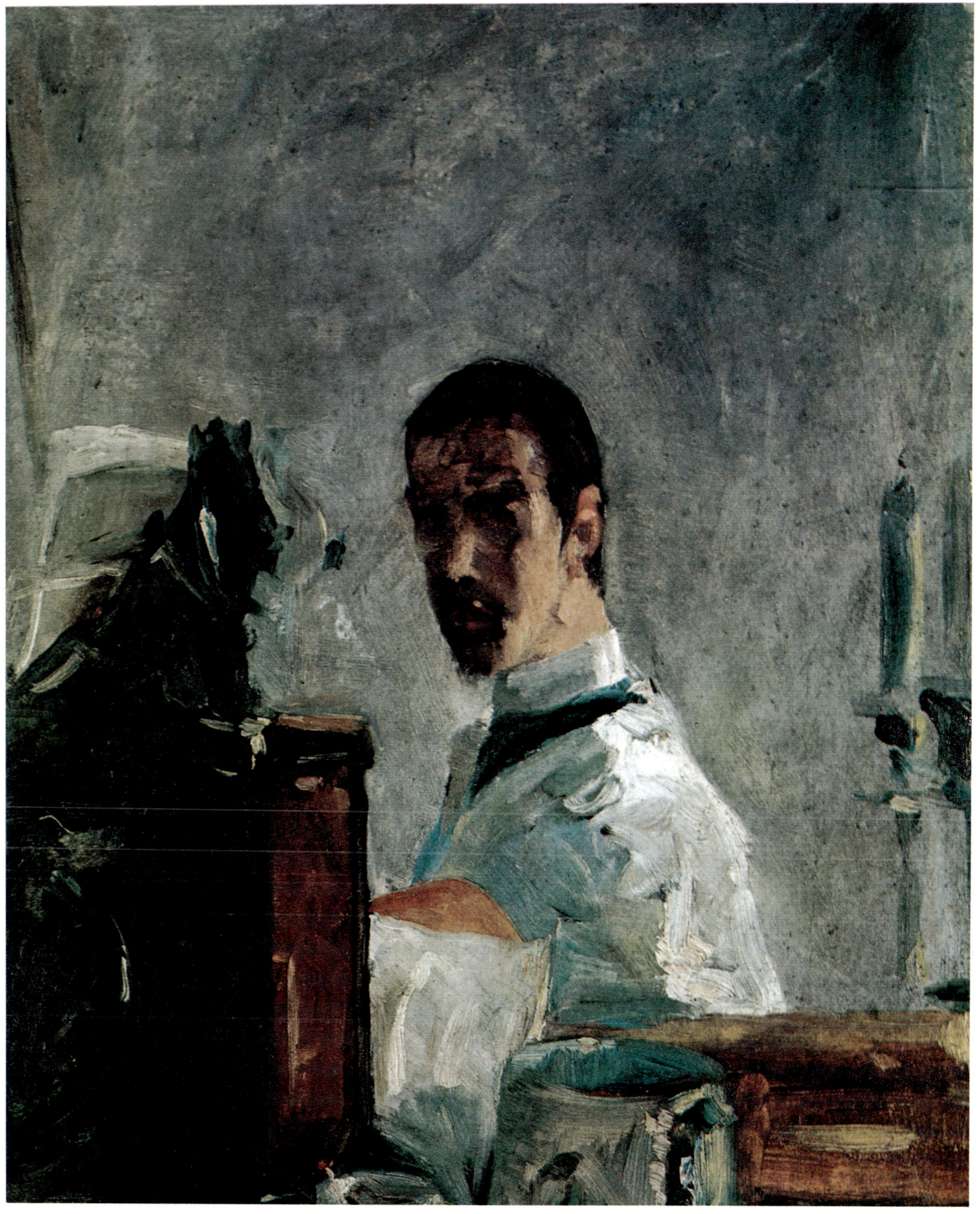

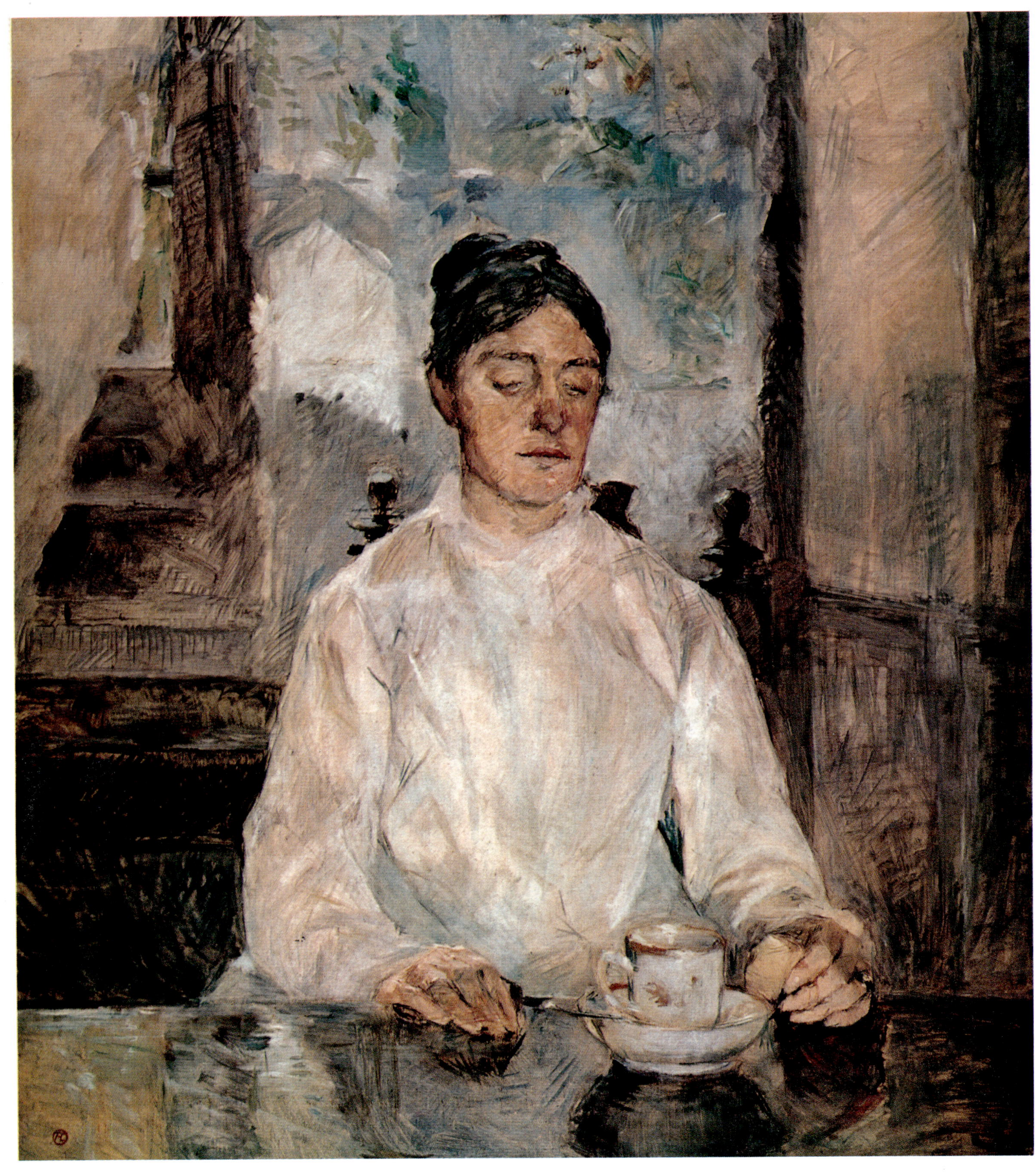

아침 식사를 하는 로트렉 백작 부인

COMTESSE A. DE TOULOUSE-LAUTREC

간소한 아침 식사를 하는 어머니의
모습을 그린 것인데, 화면 전체에 퍼져 있는
투명한 색조의 분위기는 마네나 인상파의
영향을 엿볼 수 있다.

17세의 로트렉이 소묘의 충분한
정확성을 유감 없이 나타내고 얇은 듯한
터치의 중복에 인물 처리는 부드러운
양감을 조성하고 있다.

하루를 시작하는 창밖의 아침 안개를
떨어내는 앞집의 벽을 통한 배경 처리는
항상 따뜻한 애정과 신뢰를 잃지 않는
어머니의 사랑처럼 깔려 있다.

1881~3년 캔버스 油彩 93.5×81cm
알비 미술관 소장

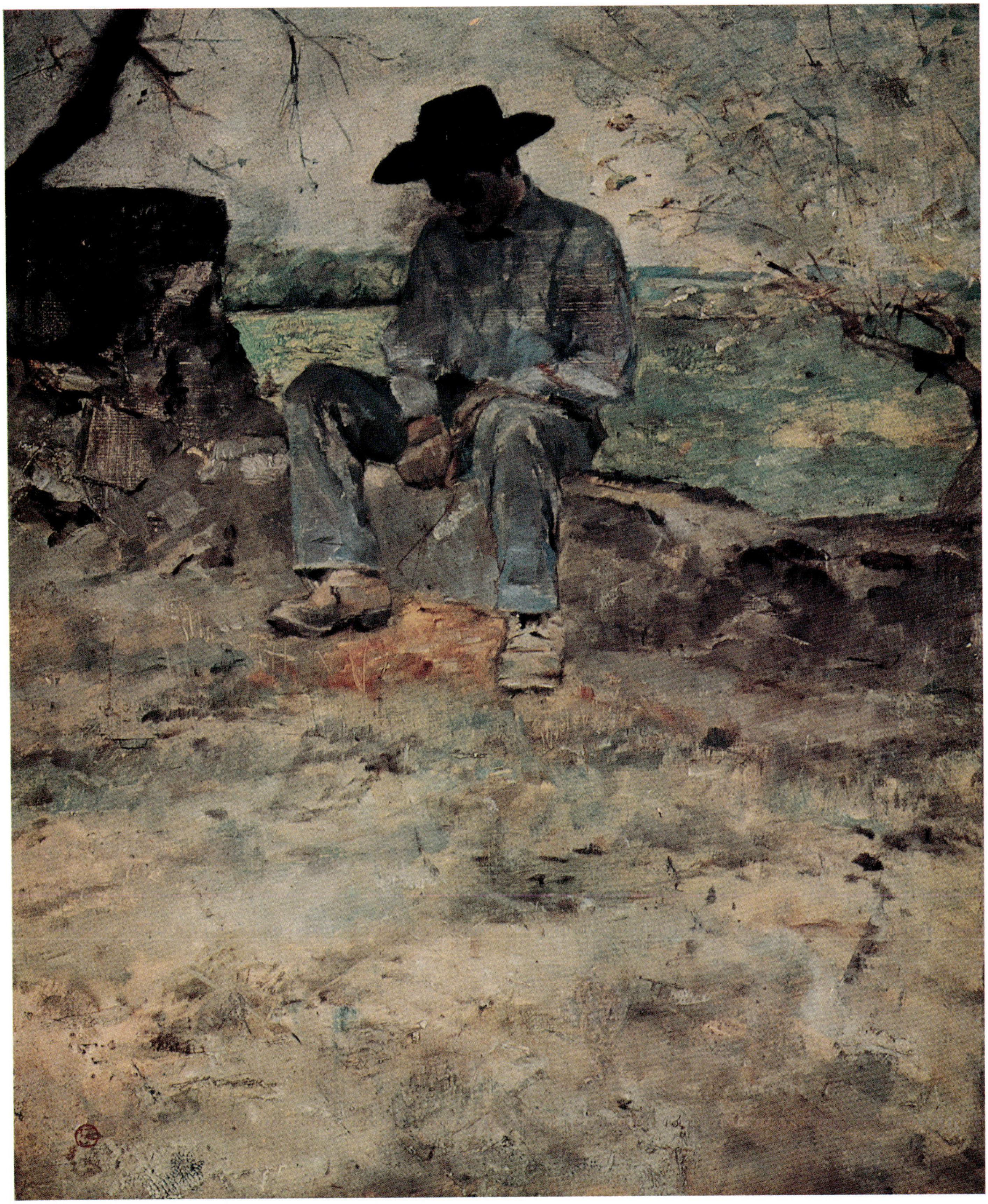

셀레이랑의 젊은 루티
LE JEUNE ROUTY À CÉLEYRAN

테마로서의 자연 풍경이나 정물에는 거의
관심을 보이지 않았던 로트렉에게,
셀레이랑 농원에서 일을 하는 루티는 가끔
그림의 대상이 되어 포즈를 취했다.

특정된 인물로서가 아니라 허물어진 석벽
위에 걸터앉아 스쳐가는 바람을 맞으며
칼로 나무를 깎는 젊은 농부를 그린 이
작품 속에, 밀레나 파즈 등의 농민화의
영향이 지적되고 있으나, 색조나 터치에
있어서는 오히려 인상파에 가까운 작품이라
할 수 있겠다.

인물을 상단에 올려 붙여 공간은 더욱
넓어 보이며, 앞에 보인 지면으로 안정감을
가져온다.

1882년 캔버스 油彩 60×49cm
알비 미술관 소장

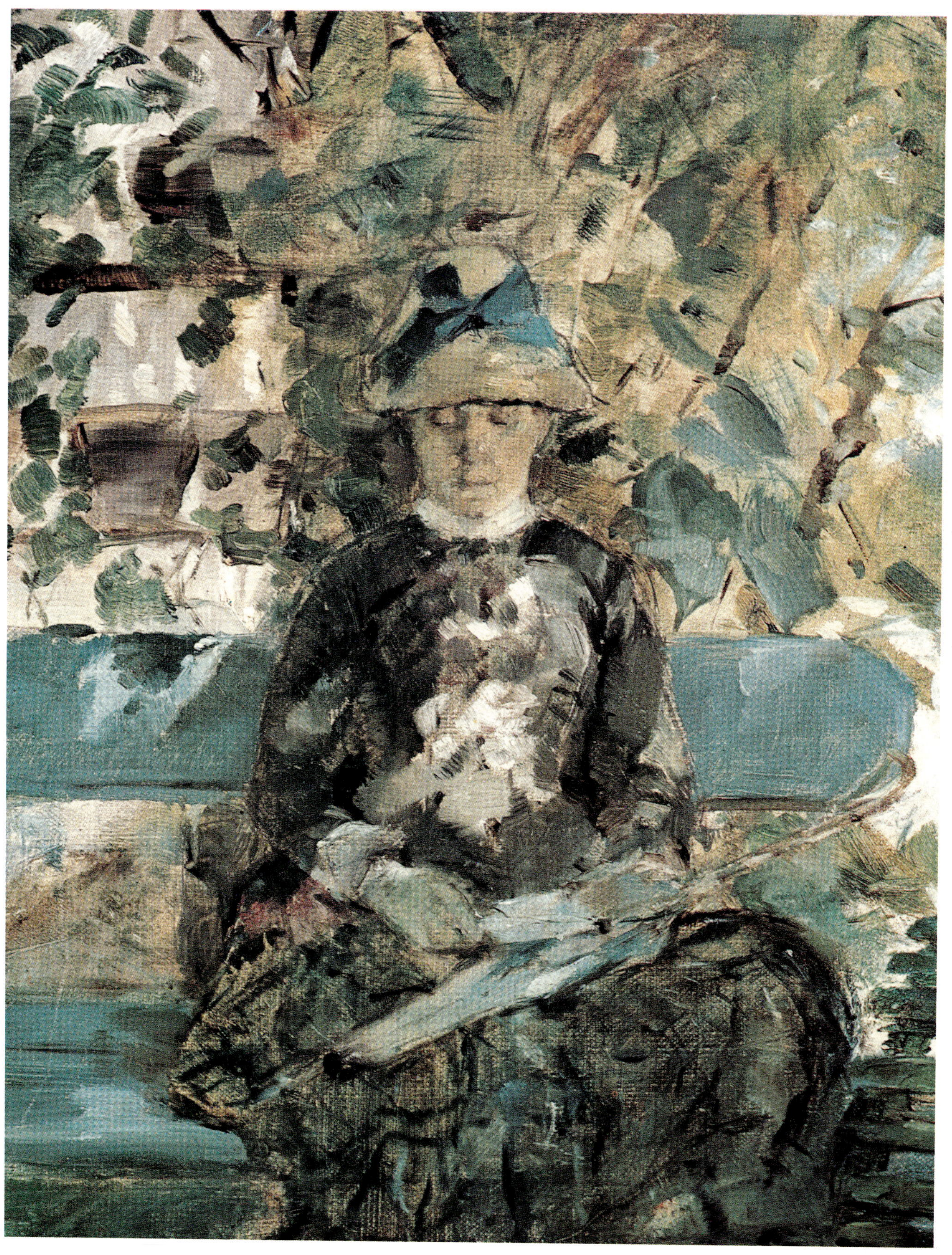

로트렉 백작 부인
COMTESSE A. DE TOULOUSE LAUTREC

정원 벤치에 앉은, 자상하시며 정적인
분위기의 로트렉 백작 부인의 특징이
눈을 아래로 내리뜨는 포즈에서 잘
나타나 있다.

얼굴이나 몸의 표정에 비해 나무의
묘사 방법은 자유 분방한 터치로 톤을
이루었으며, 필요한 얼굴 부분이나 우산을
잡은 손 등은 반복된 묘사를 시도했으나,
다른 부분은 많은 생략법을 쓰면서도 화면
전체는 외광의 투명함을 잃지 않고 있다.
신체적인 결함을 덮어 주며 생의 끝까지

로트렉의 예술의 재능을 믿으며,
돌보아 주던 어머니를 그린 여러 작품 중에
수작이다.

1882년 캔버스 油彩 41×32.5cm
알비 미술관 소장

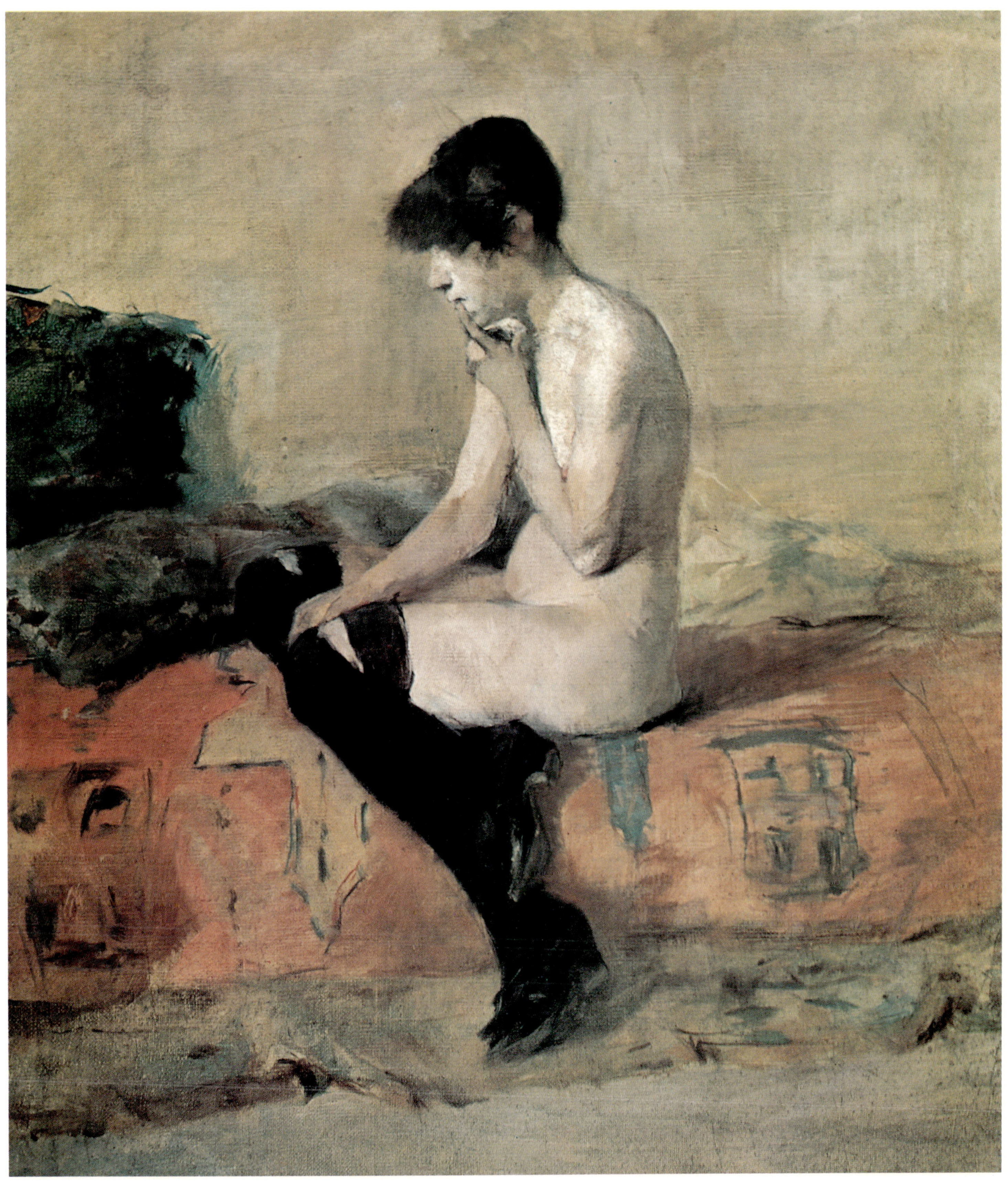

긴 의자에 앉은 여자 (나부 습작)
ÉTUDE DU NU, FEMME ASSISE SUR UN DIVAN

1882년 한때 로트렉은 보나르의 문하에
들어가서 철저히 아카데믹한 교육을 받았는데,
그 무렵의 그의 화풍을 잘 전해 주는
작품의 하나이다.

긴 의자의 중심에 앉은 검정 스타킹의
나부, 오른쪽 다리를 왼쪽 다리 밑으로
넣고, 오른손은 왼쪽 무릎에 놓고,
왼손의 인지는 가볍게 입에 대는 변화나
하얀 피부를 돋보이게 하는 검정 스타킹의
색(色) 대비와 함께 포즈에서 약간
인위적인 느낌이 들고 습작적인 냄새가

짙은 작품이다.
이 작품을 통해 로트렉의 인물에 대한
관심과 수업기의 철저한 작풍을 볼 수 있다.

1882년 캔버스 油彩 55×46cm
알비 미술관 소장

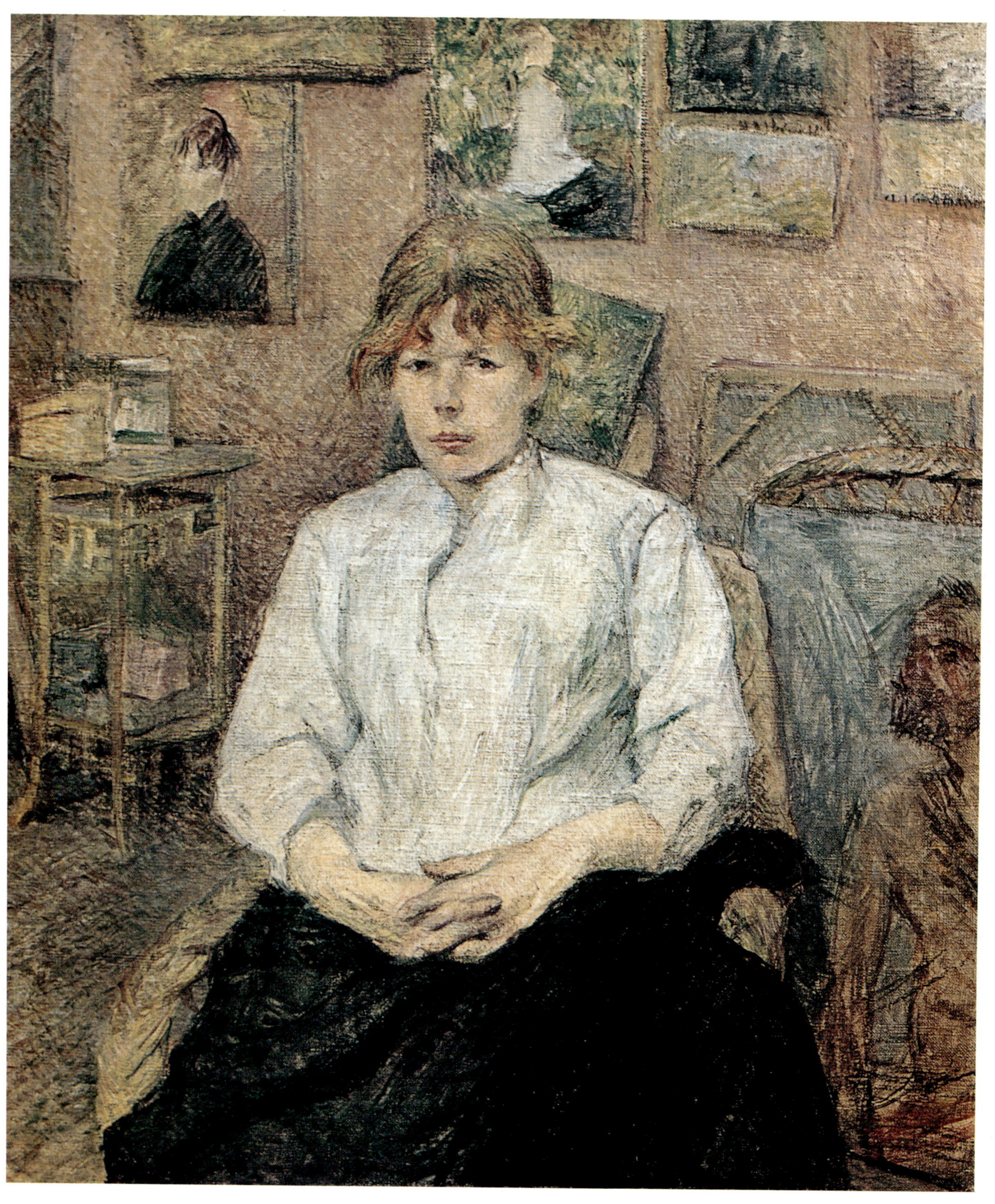

아틀리에의 여인
FEMME DANS L'ATELIER

1887년 고랑쿠르가에 아틀리에를 마련한
로트렉은 비로소 직업적인 화가로서 첫발을
내딛게 되는데, 아직까지도 화풍에서는
과도기에 있었다고 하겠다.
즉, 어떤 종류의 작품은 지난날의 보나
코르몽의 아틀리에 시절의 그로서는
얌전하나 어떤 의미에서는 평범하고
아카데믹한 여운이 남아 있으며, 또 어떤
종류의 작품은 몽마르트르의 새로운 주제에
촉발(觸發)되어서인지 로트렉다운 면을
보여주고 있다.
아틀리에에서 그린 이 그림은 전자의
경우로 치밀한 구성과 정성스런 마티에르의
흔적이 엿보인다.

1888년 캔버스 油彩 56×46.5cm
보스턴 미술관 소장

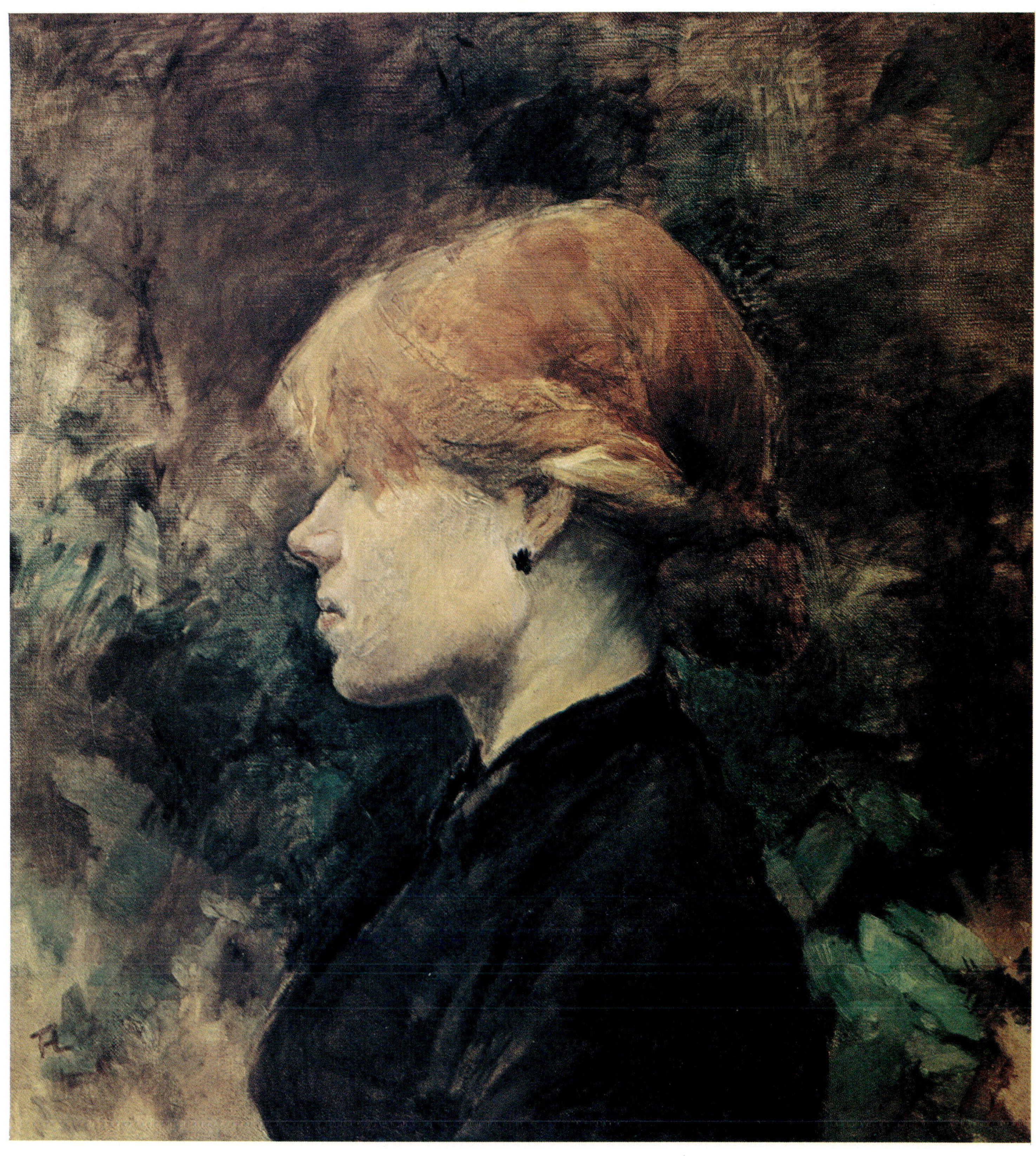

젊은 아가씨의 초상
PORTRAIT D'UNE JEUNE FILLE

습작기의 아카데믹한 묘사 방법으로
작가의 감정이나, 화면의 강한 콤포지션을
배제한 여인의 프로필이다.
　명도의 차이에서 오는 부드러운 배경
처리는 화면에 밝게 강조된 얼굴과 빨강
머리와 검은 상의에 의해 더욱 눈을 부시게
한다.

　틀어 올린 머리나 얼굴 부분은 수없이
그려지고 지워지는 반복 속에, 그처럼
반복하지 않으면 그 깊이와 맛을 찾을 수
없음을 알 수 있다.
　소녀 「카르멘」은 앙리라슈의 아틀리에에
나다니던, 로트렉이 여러 각도에서
시도한 작품에 나타난 모델로, 로트렉의
화학도(画学徒)로서의 왕성한 의욕을 엿볼
수 있다.

1884년 캔버스 油彩 55.5×50cm
취리히 뷔를레 콜렉션 소장

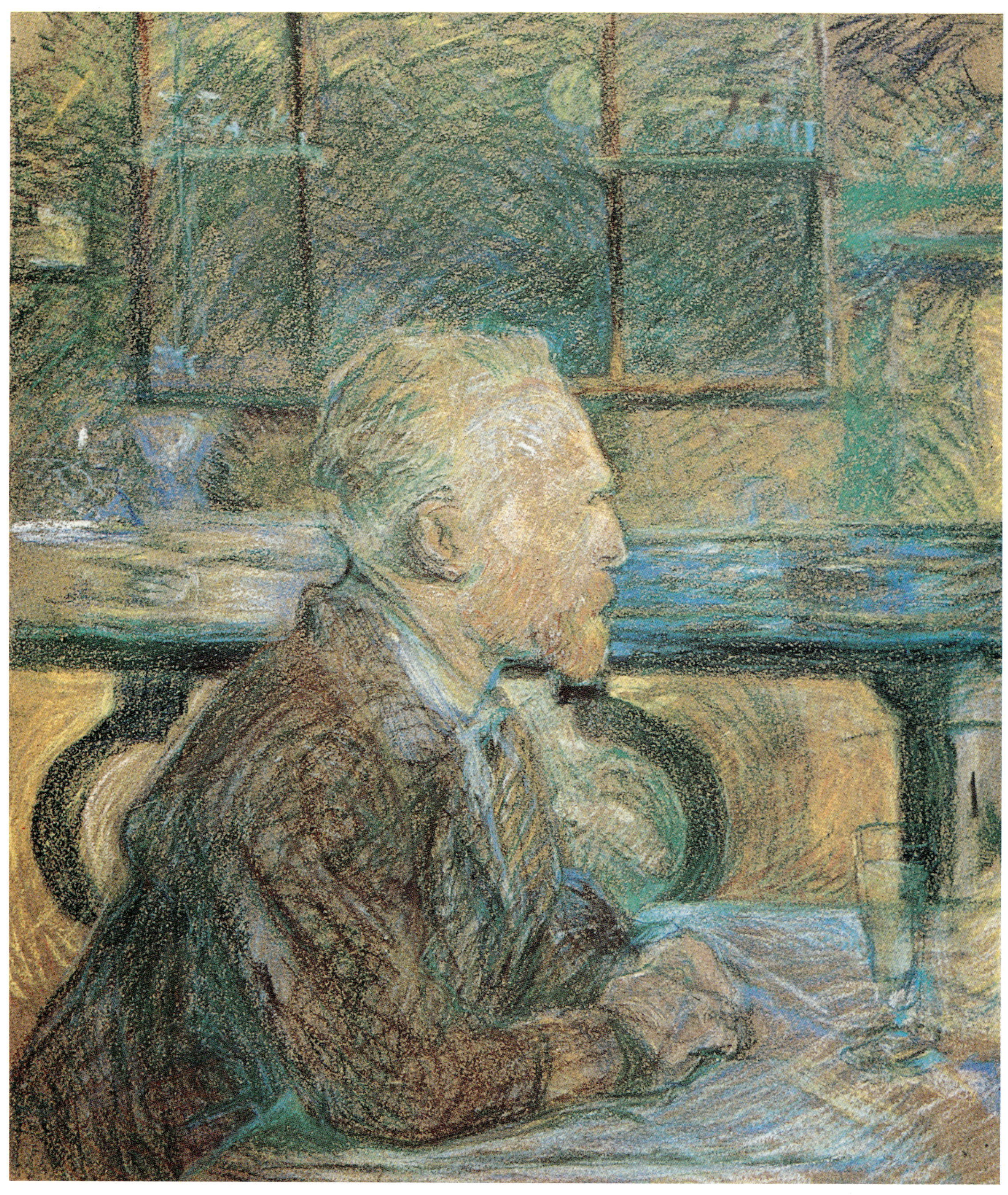

고호의 초상
PORTRAIT DE VINCENT VAN GOGH

코르몽의 기름 냄새 풍기는 화실
생활에서 개성이 강한 고호와 로트렉이
신뢰와 우정을 나누며 자신들의 작품에
열의를 보일 때가 22세 되던 1886년 가을
무렵이다.

4년 후 브류셀에서 2인전을 갖기도 한
두 사람의 우정은 흔치 않은 경우였지만, 강한
자아의 세계로 몰입하는 그들 사이의
우정은 시간적으로 그렇게 길지는 않았다.
파리의 바라든지 카페 한쪽 구석에 자리한
고호의 개성 있는 옆 얼굴을, 짧은 시간에 그릴
수 있는 파스텔을 이용한 재치를 보였다.

반 고호의 까칠까칠하고 긴장된 표정을
일련의 사선으로 그린 진귀한 수법에
관심을 보인 반 고호가 아우 테오에게
사도록 권유한 기념작이기도 하다.

1887년 종이 파스텔 54×45cm
고호 재단(암스테르담 시립 미술관) 소장

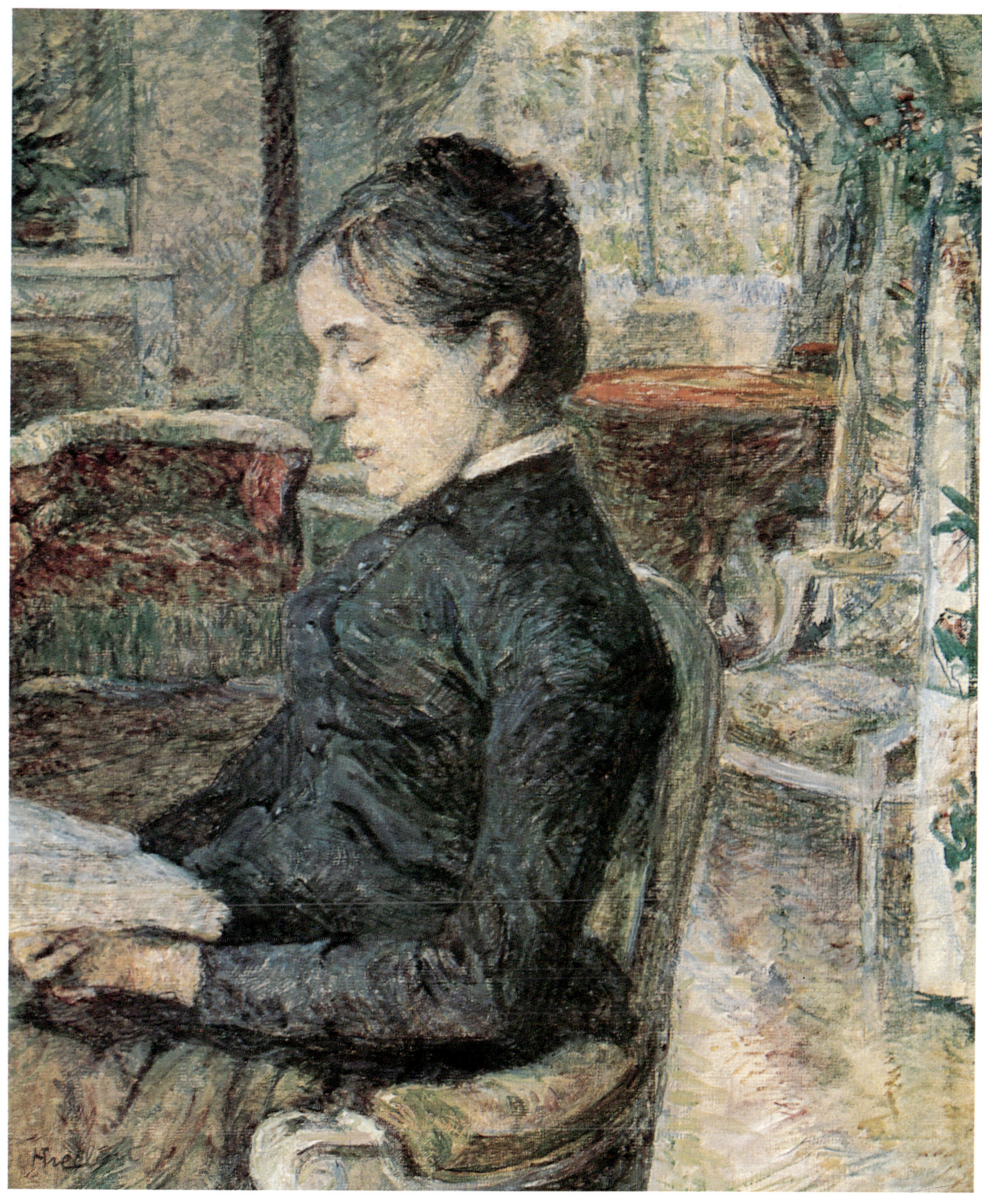

로트렉 백작 부인
LA COMTESSE A. DE TOULOUSE-LAUTREC
DANS LE SALON DU CHÂTEAU DE MALROMÉ

녹청색을 주조로 한 실내.
46세의 로트렉의 어머니는 호탕한
남편과의 결혼 생활이 결코 행복했다고
말한 수는 없었다.

그녀는 혼자만의 시간이 많았기도 했지만,
독서는 그녀의 생활에서 커다란 비중을
차지하여 단순한 취미 이상의 것을
독서에서 추구하였다.

인상파 기법이 요소 요소에 나타나는 이
작품은, 화면 전체의 좌측에 쏠린 듯한
인물의 위치에서나 살린 책 무문은

보는 이로 하여금 창으로부터 비친 역광을
무시한 얼굴 처리처럼 아쉬움이 있기도 하다.

1887년 캔버스 油彩 59×54cm
알비 미술관 소장

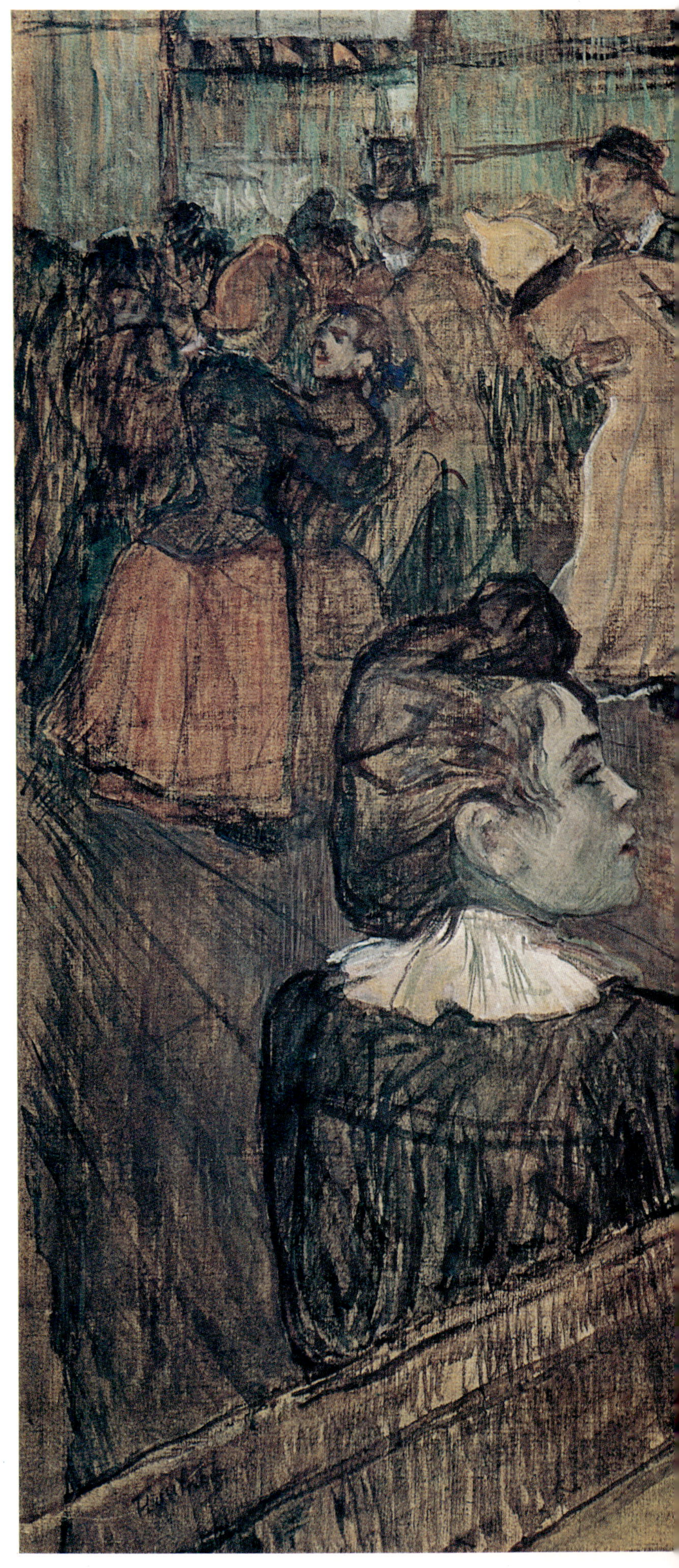

물랑 드 라 갈레트에서
AU BAL DU MOULIN DE LA GALETTE

앞에 놓인 포개진 접시들이 쓰러질 듯
뒤뚱거리는 소란한 홀의 정경이다.
물랑루즈에 빼앗기기 전에는 물랑 드 라
갈레트는 파리장의 인기를 독차지하고 있던
댄스홀이며, 소재를 찾는 화가들이 자주
드나들게 되었다.
화면 왼편의 앞쪽에서 오른쪽 구석으로
통하는 대각선의 테이블 곁의 난간이,
사선으로 이어지는 마룻바닥의 선과 방향을
달리하며 앞의 인물과 배경의 인물에 대한
가교 역할을 해서, 작품 속의 흥청거리는
분위기를 더욱 강조하고 있다.
동적인 군중들의 처리에 비해 앞의
인물들은 많이 정리되어 표정의 대조를
볼 수 있다.

1889년 캔버스 油彩 88.9×101.3cm
시카고 미술 연구소 소장

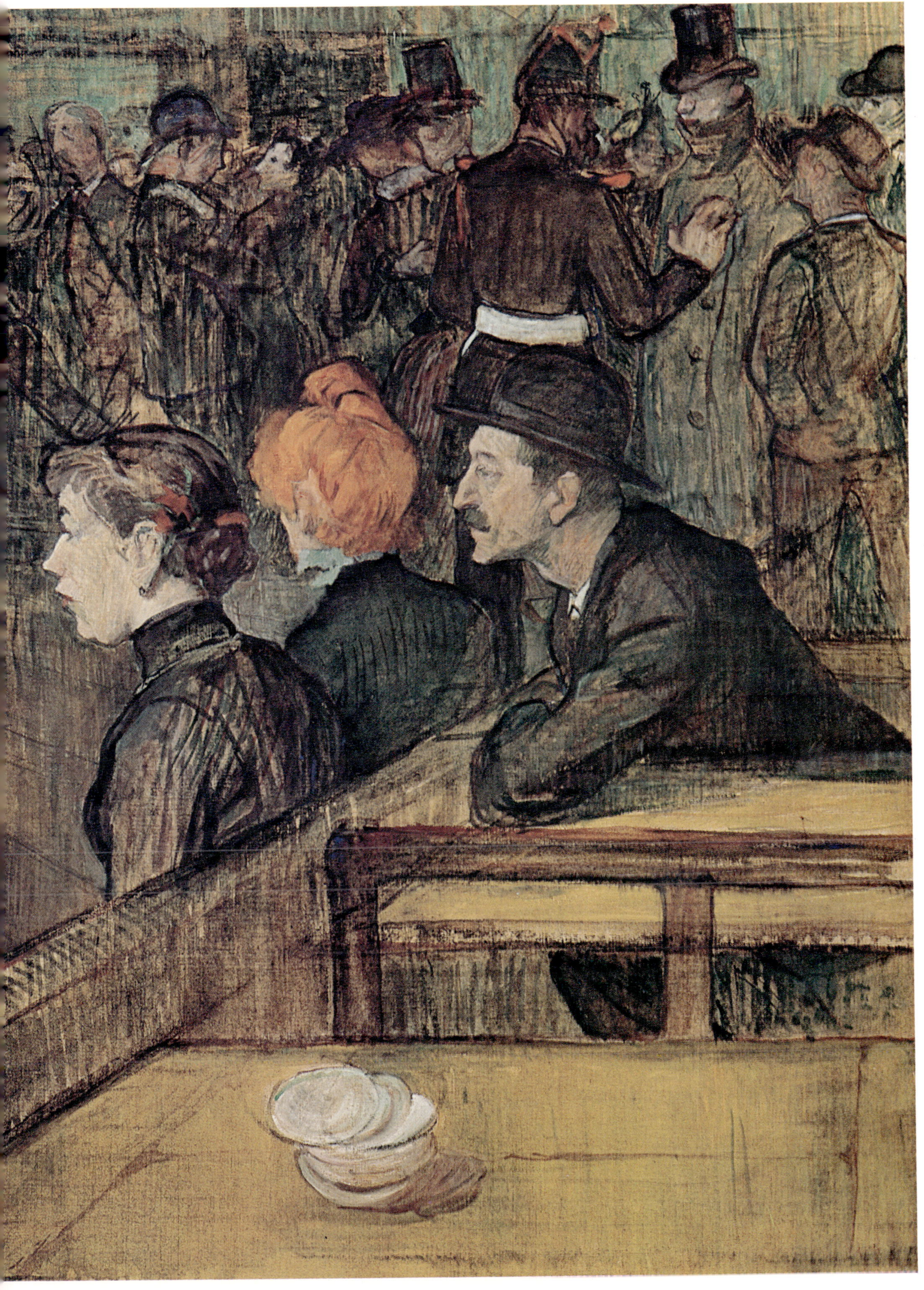

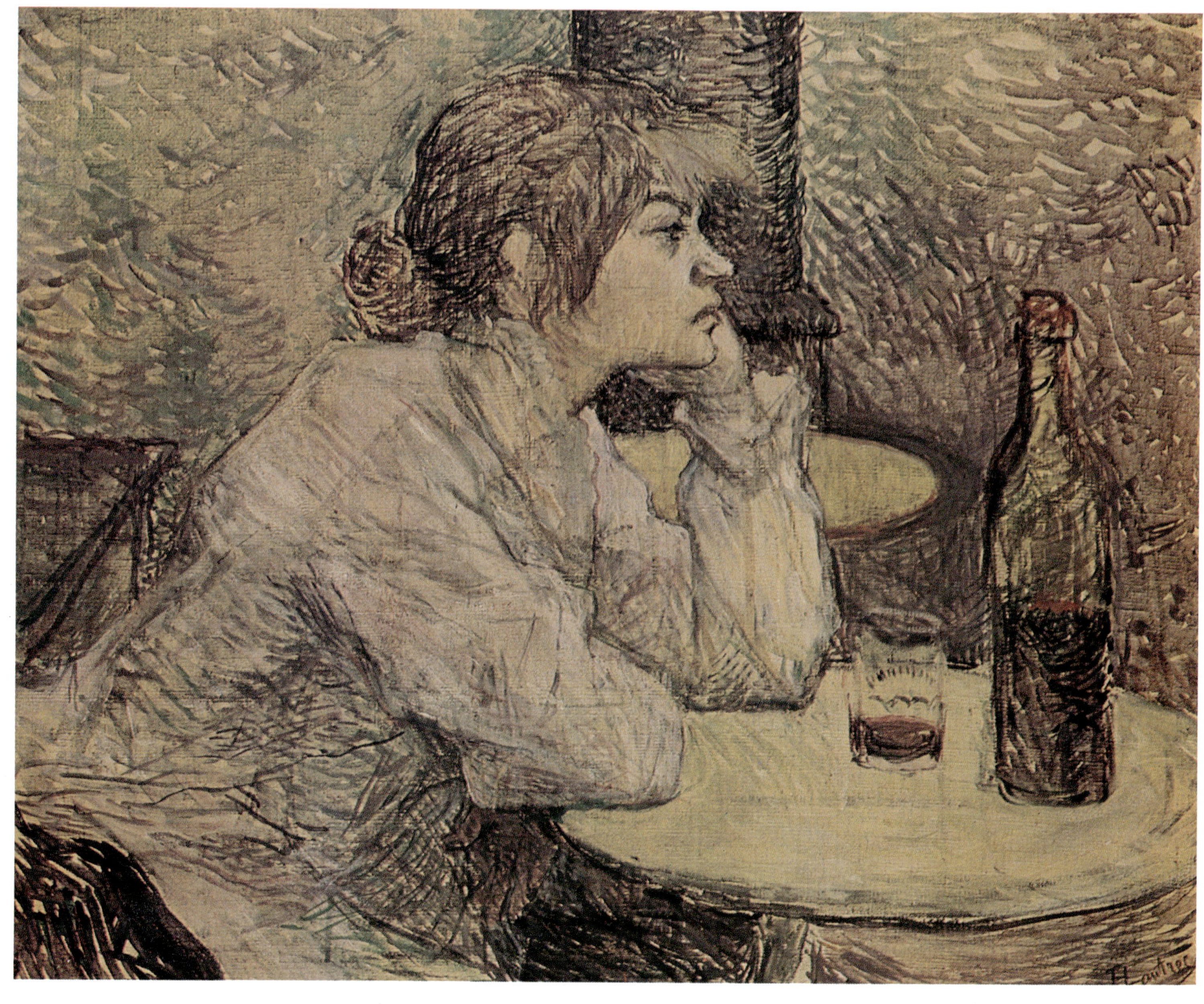

숙취
LA BUVEUSE OU GUEULE DE BOIS

졸라의 「목로 주점」과 「니나」 등으로
대표되는 당시의 자연주의 문학과도
상통하는 시대의 분위기를 담았다.
　몽마르트르의 변두리에 있는 술집의
한구석에 압상트 병과 글라스를 앞에 놓고
누구를 기다리기라도 하는 듯 팔을 턱에 괸
여인의 생각에 잠긴 표정.
　나중에 파리에 처음으로 나온 피카소가
큰 감명을 받았고 또 영향도 받았던 것은,
로트렉의 작품 중에서도 특히 이런 경향의
작품이다.
　오래 그린 그림이라기보다 짧은 시간에
간결하게 그린 듯 색감의 여운이 엷은 감을
주며, 구도적으로는 2년 전에 그렸던
〈고호의 초상〉과 흡사하다.

1889년 캔버스 油彩 55×46cm
매사추세츠 하버드 대학 포그 미술관 소장

세탁부
LA BLANCHISSEUSE

「세탁부」라는 테마는 그 일상적인 친근미
때문에 드가나 보나르 등도 많이 그리는
소재인데, 이 작품에서 보인 화가의 관심은
역시 모델 자체에만 집중되어 있고, 이에
따른 생활 환경의 묘사 따위에는 별로
관심이 쏠려 있지 않은 것 같다.
　모델의 옆 모습은 반쯤 앞머리에 가려져
분간하기 어려우면서도, 코에서 입과
턱에 느껴지는 표면을 유감없이 나타낸다.
　어느 누구나 모델이 될 수는 없는 일이어서
화가는 자기가 좋아하는 형의 모델을 찾고
그 형에 맞는 그림을 그리다 보면 모델은
그 화가에게 좋은 협조자가 되지 않을 수
없게 된다. 모델 카르멘 양도 로트렉의
마음에 들었던 중요한 한 사람이라 하겠다.

1889년 캔버스 油彩 93×75cm
파리 개인 소장

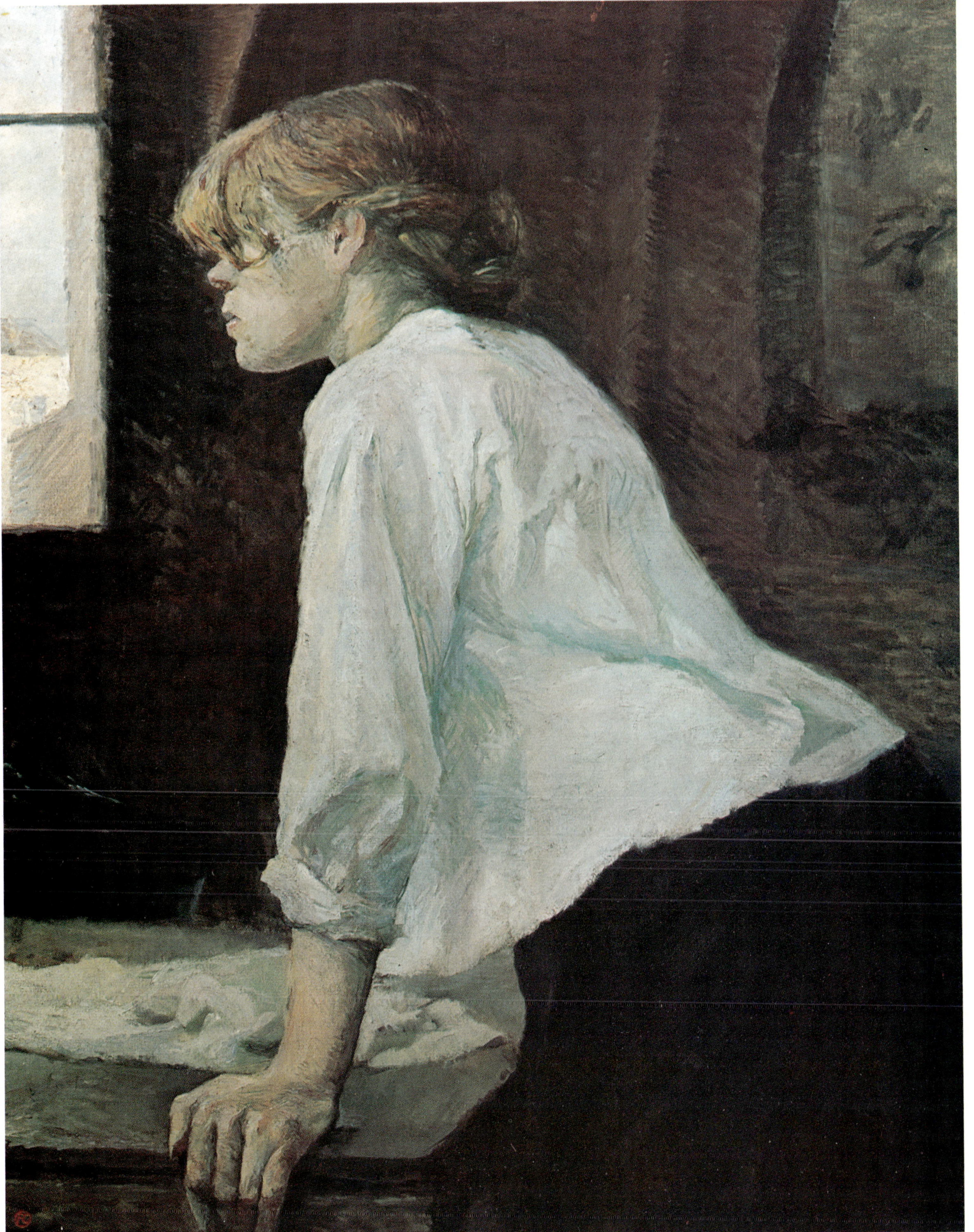

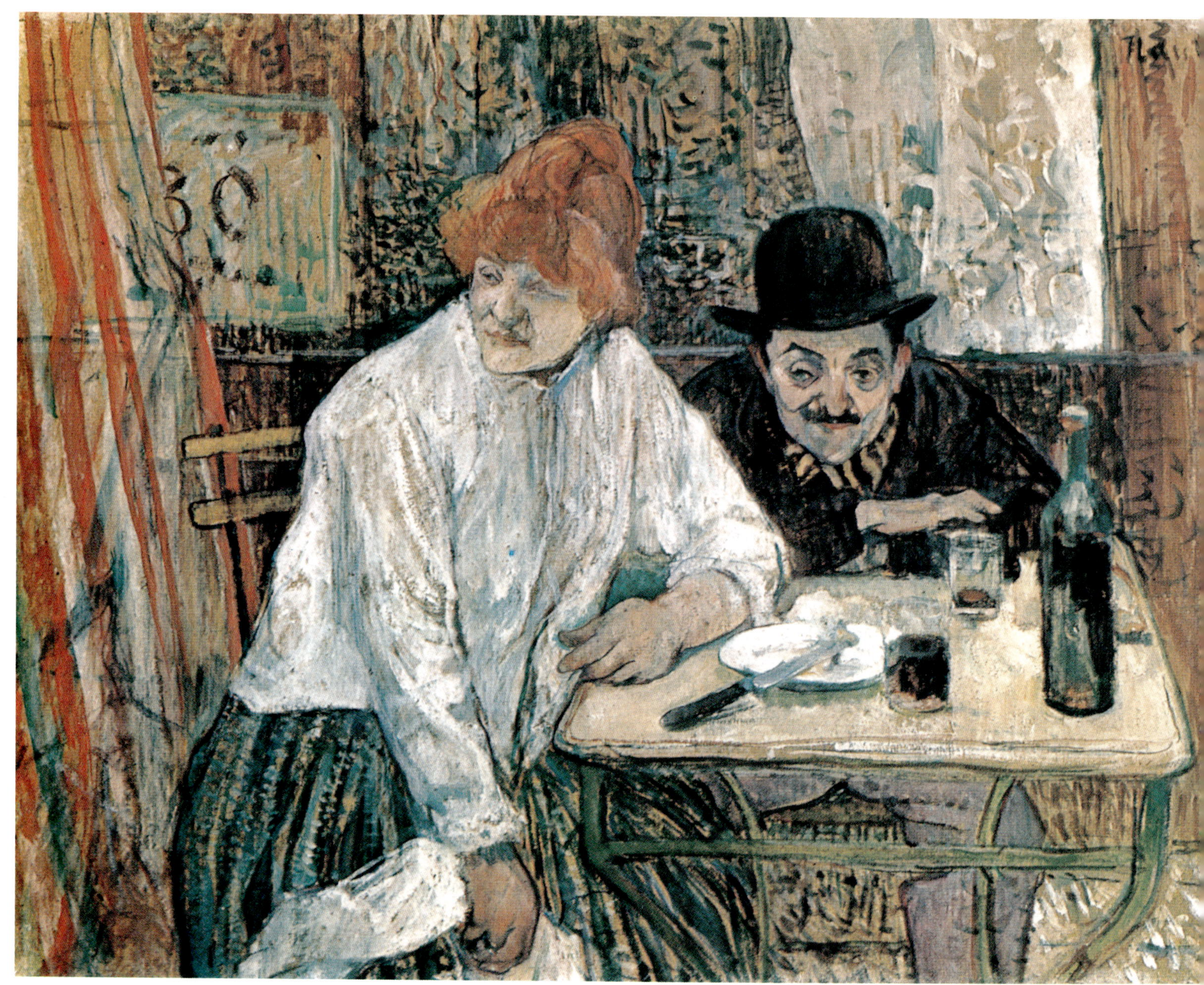

마지막으로 남은 빵 조각
Á LA MIE

앙리 디오 씨
MONSIEUR HENRI DIHAU

빽빽이 들어 찬 주변의 줄무늬와 터치는
언뜻 두 사람과 어지러진 테이블 위의
병이나 컵들이 서로 다른 두 사람의
시선처럼 초점을 잃고 있다.

어떤 희망을 놓쳐 버린 카페의 우수라고나
할까. 친구인 모리스 기베르와 술집 여자를
모델로 한 뒷골목 어디서나 쉽게 볼 수
있는 표정이다.

세기말의 특이한 권태감을 나타낸
작품으로, 로트렉 개인의 인간에 대한 심리
추구일 뿐만 아니라 시대의 분위기를 잘
전해 주는 작품이며, 후에 젊은 화가들에게
상당한 감명을 준 작품이다.

길고 짧은 선의 활달함이 언뜻 평면
처리된 전체 화면을 커버하고 있다.

1891년 厚紙 水彩. 괏슈 53.5×68cm
보스턴 미술관 소장

디오의 집안과 로트렉은 친척 관계로
프뢰쇼가(街)에 있는 그들의 집은 당시
로트렉이 자주 드나든 곳 가운데 하나다.

거기엔 앙리와 데지레 형제와 누이
동생인 마리가 있었는데, 데지레는 파리
오페라단의 파곳 주자였으며, 마리는 가수 겸
피아니스트였다.

야외에서 그린 많지 않은 그림 중 하나로,
인상파적인 외광을 중요시하지 않고
로트렉의 나름대로 외면이나, 내면에 담긴
인간을 찾는 데 관심을 쏟고 있다.

땅땅하고 굳은 듯한 입상의 프로필.
회화적이라기보다 기록적인 의미를 담고
있다고 하겠다.

1891년 厚紙 油彩 41.8×30.1cm
알비 미술관 소장

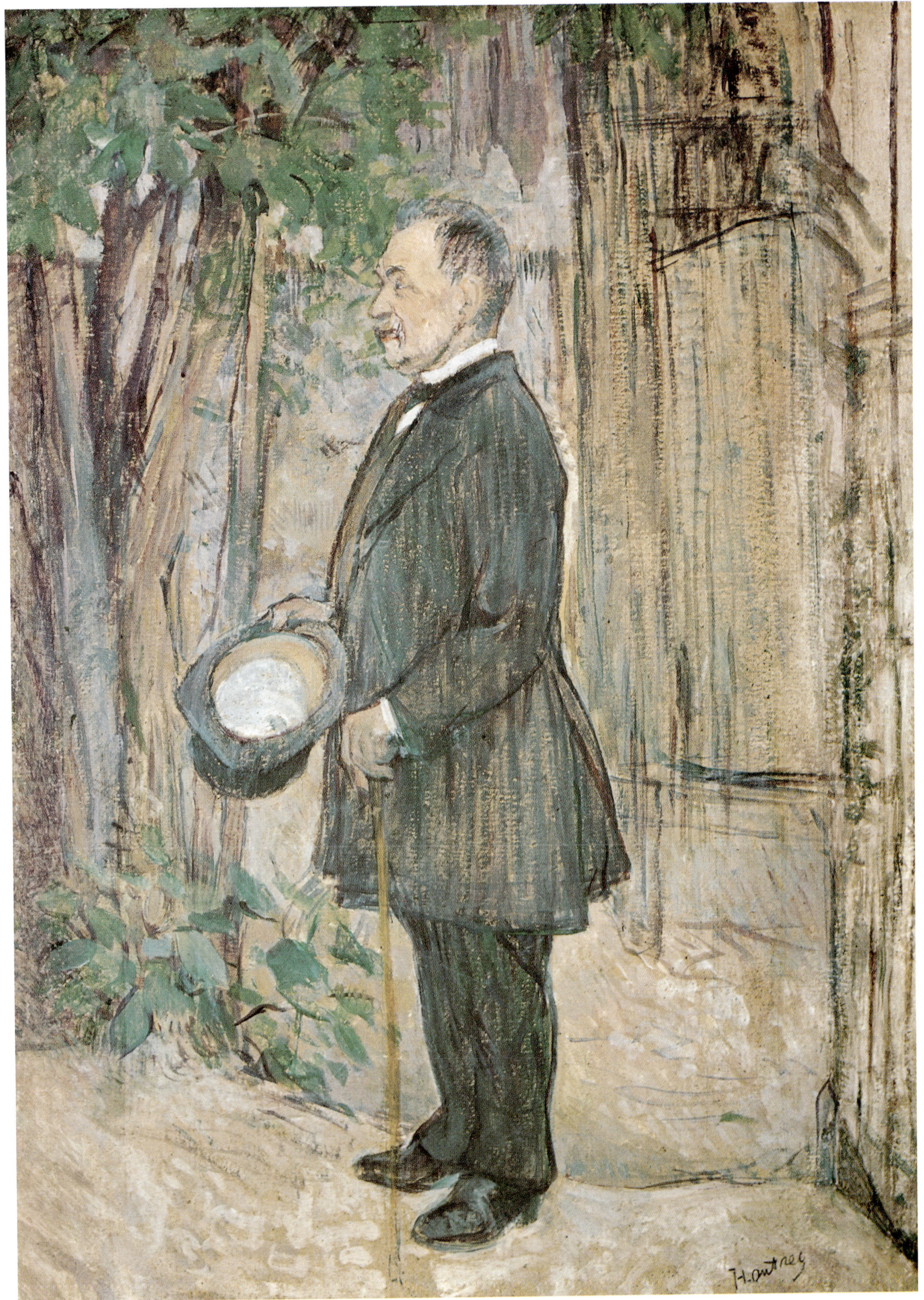

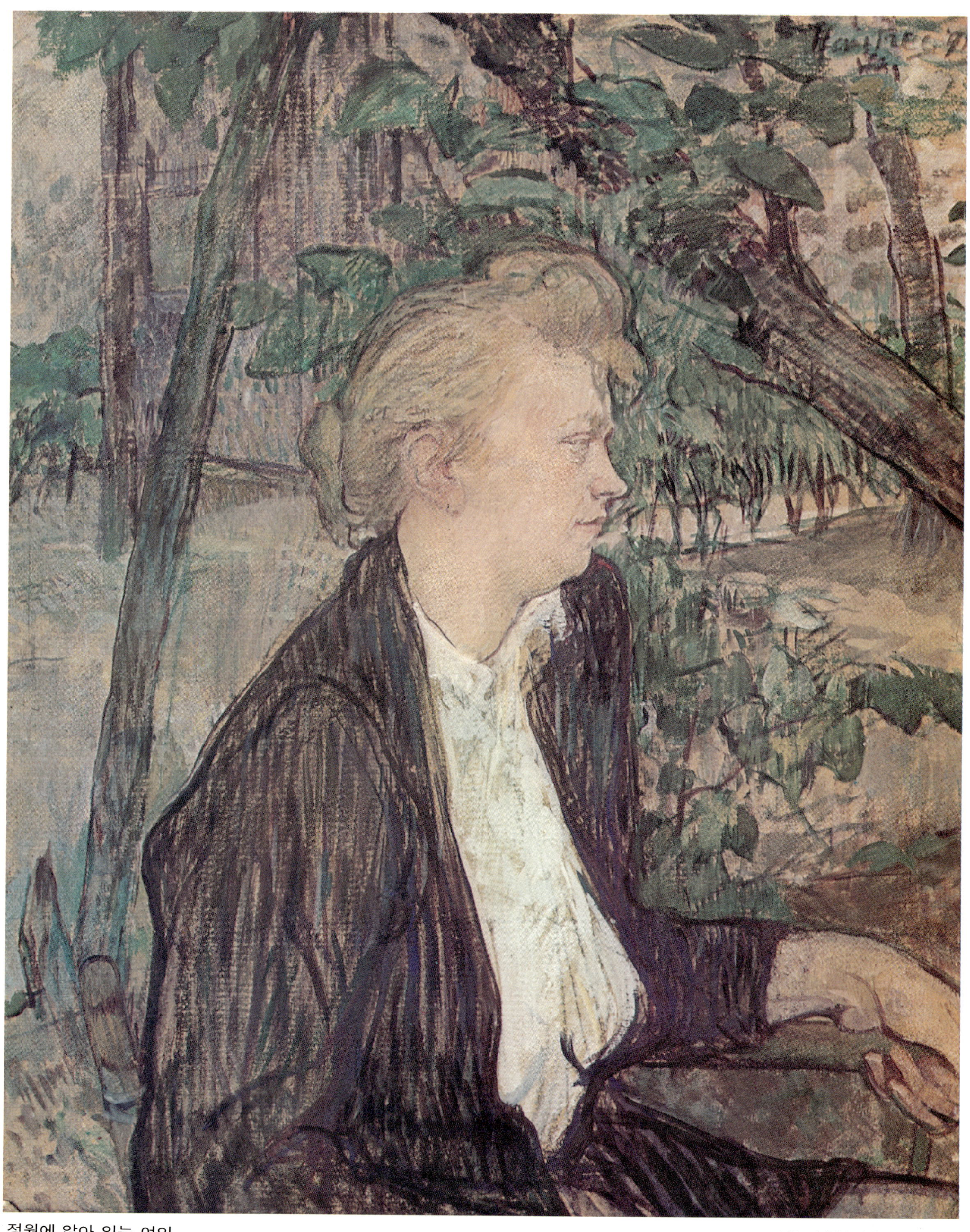

정원에 앉아 있는 여인
FEMME ASSISE DANS UN JARDIN

1891년 厚紙 油彩 67×63cm

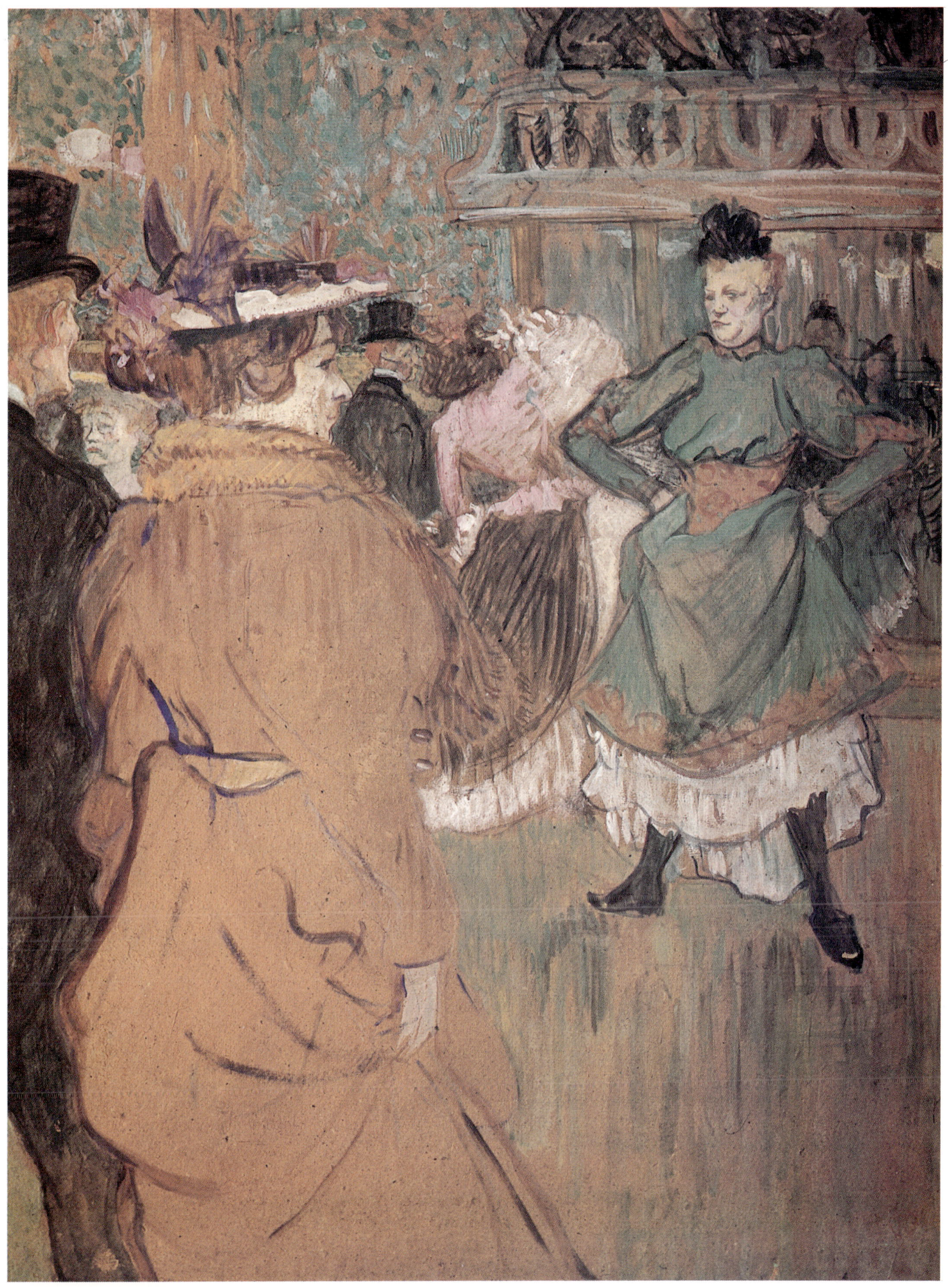

물랑루즈의 카드리느
QUADRILLE AU MOULIN-ROUGE

1892년 厚紙 油彩 80×61cm
워싱턴 국립 미술관 소장

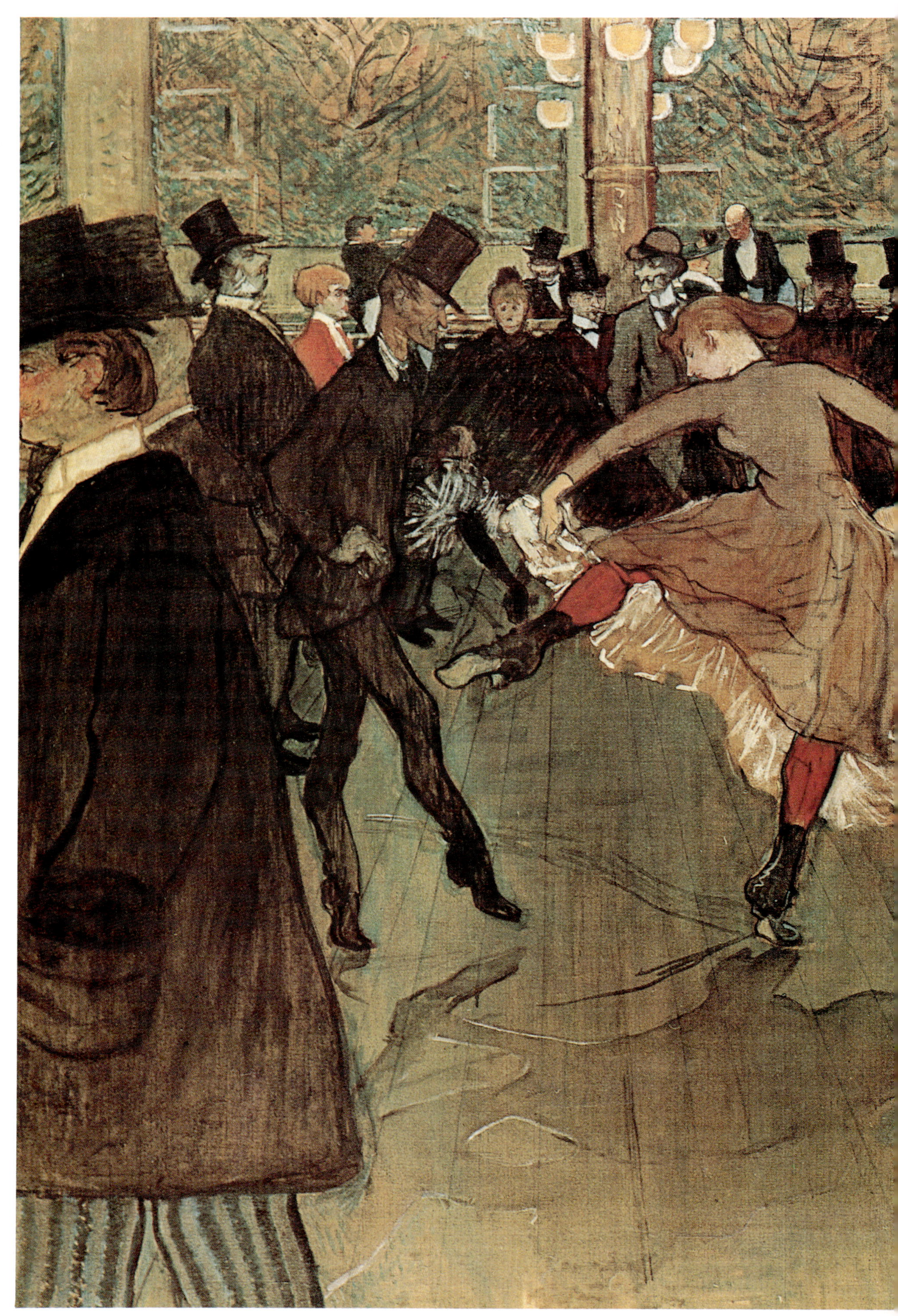

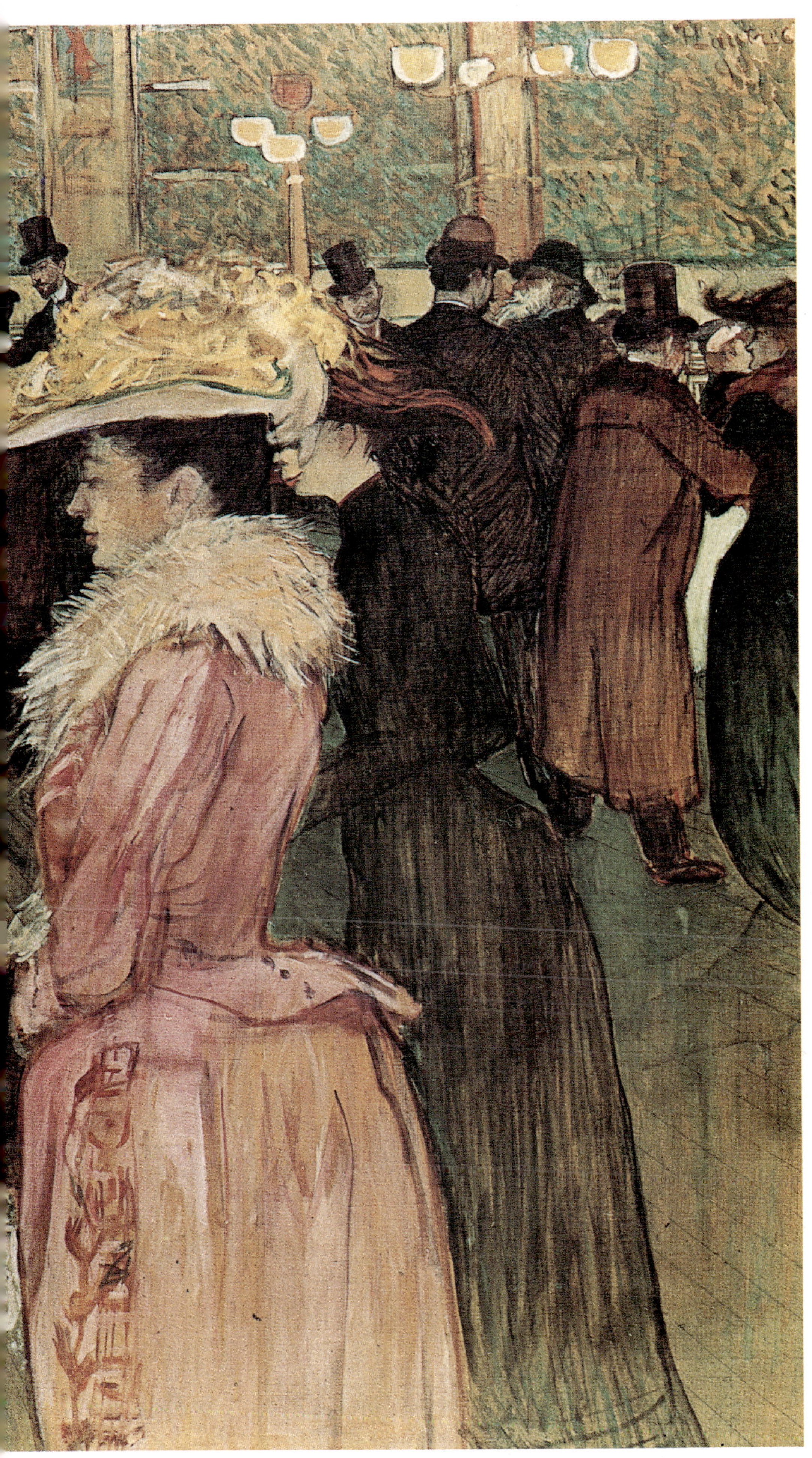

물랑루즈에서
LA DANSE AU MOULIN · ROUGE

물랑루즈를 주제로 한 수많은 로트렉의 그림 가운데서 규모, 내용 면에서 대표적인 작품이다. 전 화면이 세 그룹으로 구성되었는데, 전경의 정지한 두 여성과 왼쪽으로 사라지는 두 남자가 한 그룹이고, 중경에서 경쾌하게 춤을 추고 있는 무리들이 다른 한 그룹이며, 후경의 일렬로 늘어선 인물들이 또 다른 그룹이다.

홀 한가운데서 시나게 춤을 추고 있는 한 쌍의 남녀, 이 남녀의 뒤엉킨 그림자가 핑크빛 무드를 암시해 주고 있는데, 장외로 사라지는 남자를 응시하는 정장한 여인의 표정에서는 질투심 같은 감정을 느끼게 한다.

환락가를 자주 드나들면서 인간의 참모습을 환락가에서 찾았던 로트렉의 마음이 담긴 작품이다.

1890년 캔버스 油彩 115.5×150cm
필라델피아 개인 소상

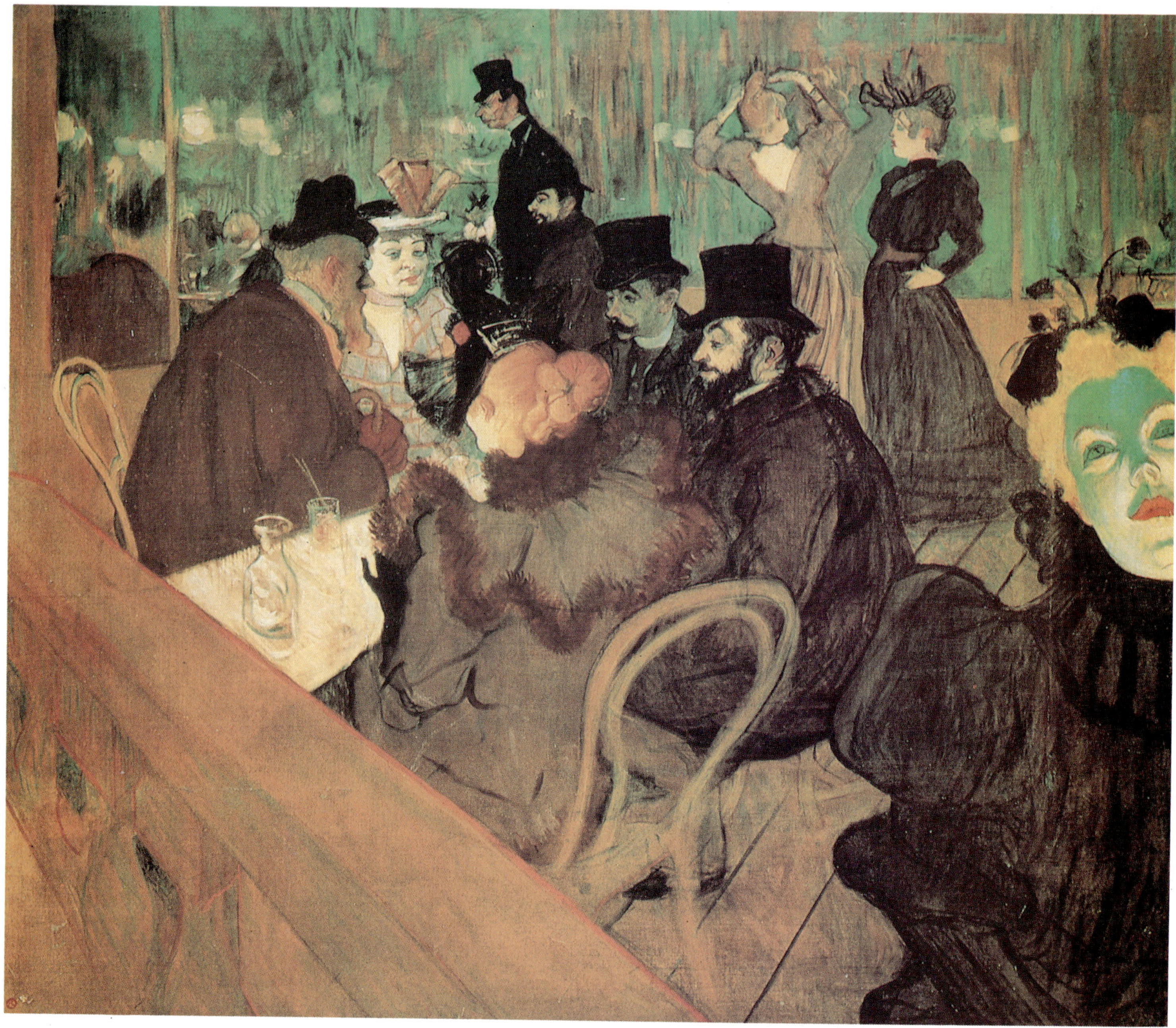

물랑루즈에서
AU MOULIN-ROUGE

1892년 캔버스 油彩 123×140.5cm
시카고 미술 연구소 소장

물랑루즈의 한구석에서 대화하는 몇
사람을 그려 놓았다.
　테이블을 가운데 두고 왼쪽 끝에 있는
붉은 수염을 기른 노인은 비평가 에두아르
뒤자르댕이고 그 오른쪽은 스페인의 댄서
라마카로나, 이어서 사진 작가인 세스코,
실업가이며 로트렉의 친구였던 모리스
기베르이다.
　그 뒤쪽에서 붉은 머리를 손질하면서
돌아서 있는 여인은 라 굴뤼, 그 왼쪽에
둘이서 나란히 걷는 사람이 로트렉과 그의
사촌 동생 타비에드 셀레이랑인데,
사촌이 키가 크기 때문에 키가 작은
로트렉과의 배치가 아주 유머러스하다.
　오른쪽 끝의 「녹색과 황색의 칸델라」라는
평을 받는 네리 양의 얼굴은 특수한 조명
효과 때문에 가면을 보는 것 같은 특이한
분위기를 풍기고 있다.

물랑루즈에 들어가는 라 굴뤼
LA GOULUE ENTRANT AU MOULIN-ROUGE

거울에 비치는 전등 불빛으로 보아, 홀로
들어서는 루이즈베벨.
　라 굴뤼(대식가)라는 별명을 지닌 그녀는
물랑 드 라 갈레트를 시초로 쟈르댕 드 파리,
물랑루즈 등에 출연한 인기 댄서의 한 사람.
　두 사람에 의해 곁부축을 받으며
라 굴뤼는 상반신을 드러낸 밝은 명도에
의해 시선을 끈다.
　머리의 꽃이나 로트렉 특유의 과장된
눈, 코, 입의 표정을 담고 있는 라 굴뤼는
두 팔을 잡고 있는 양쪽 검은 옷의 인물에
힘입어 더욱 돋보인다.

1892년 厚紙 油彩 80×60cm
뉴욕 근대 미술관 소장

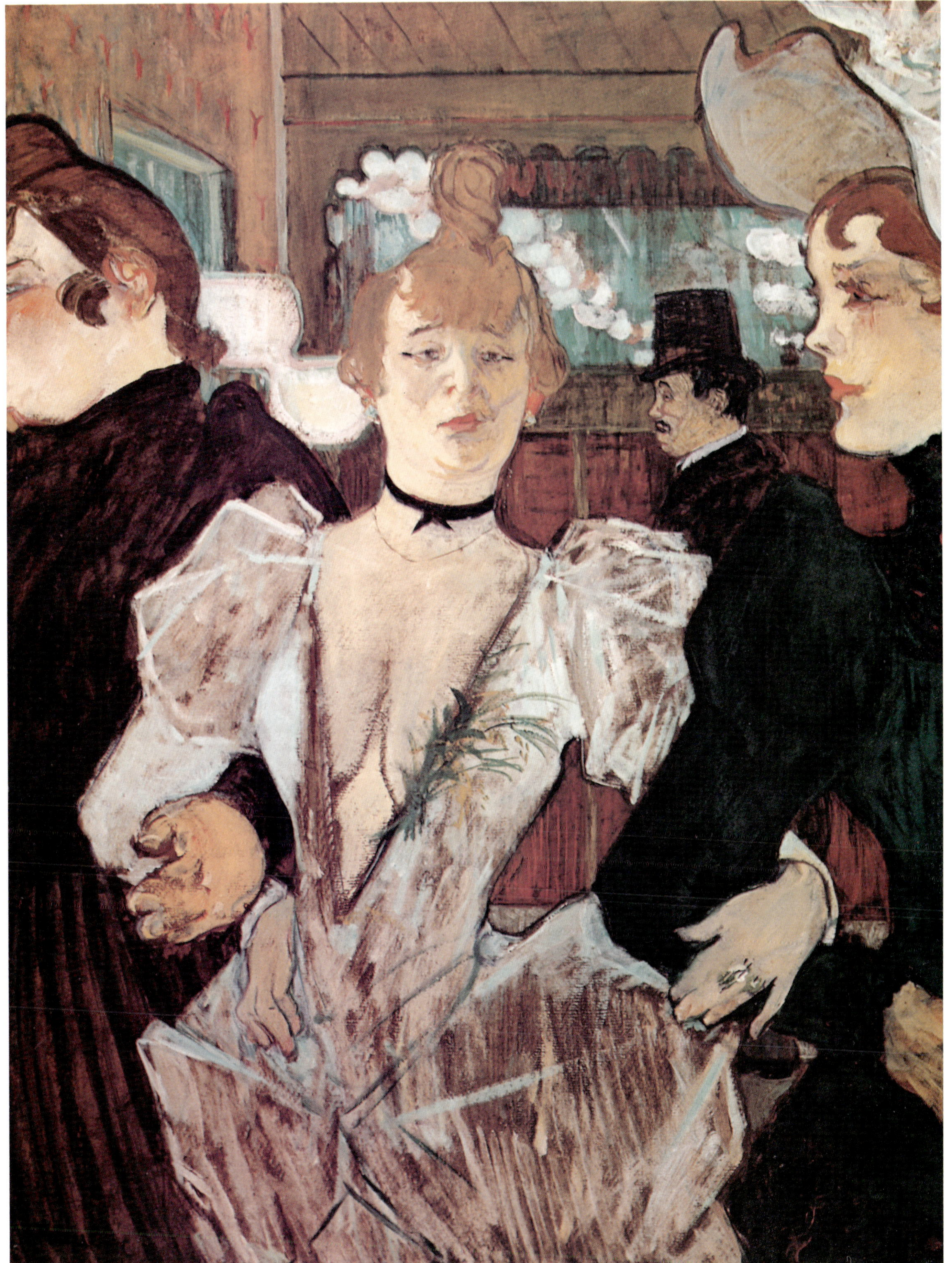

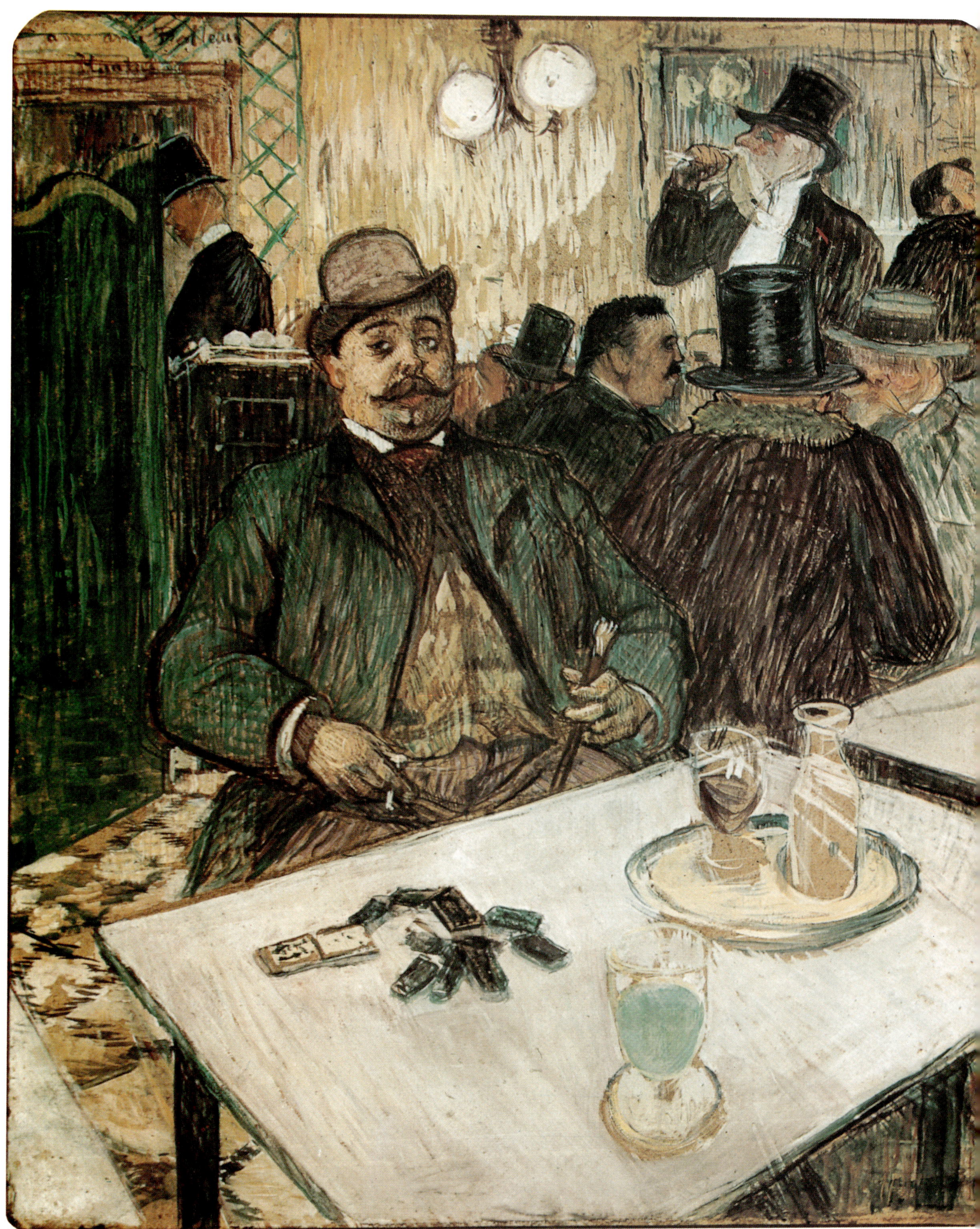

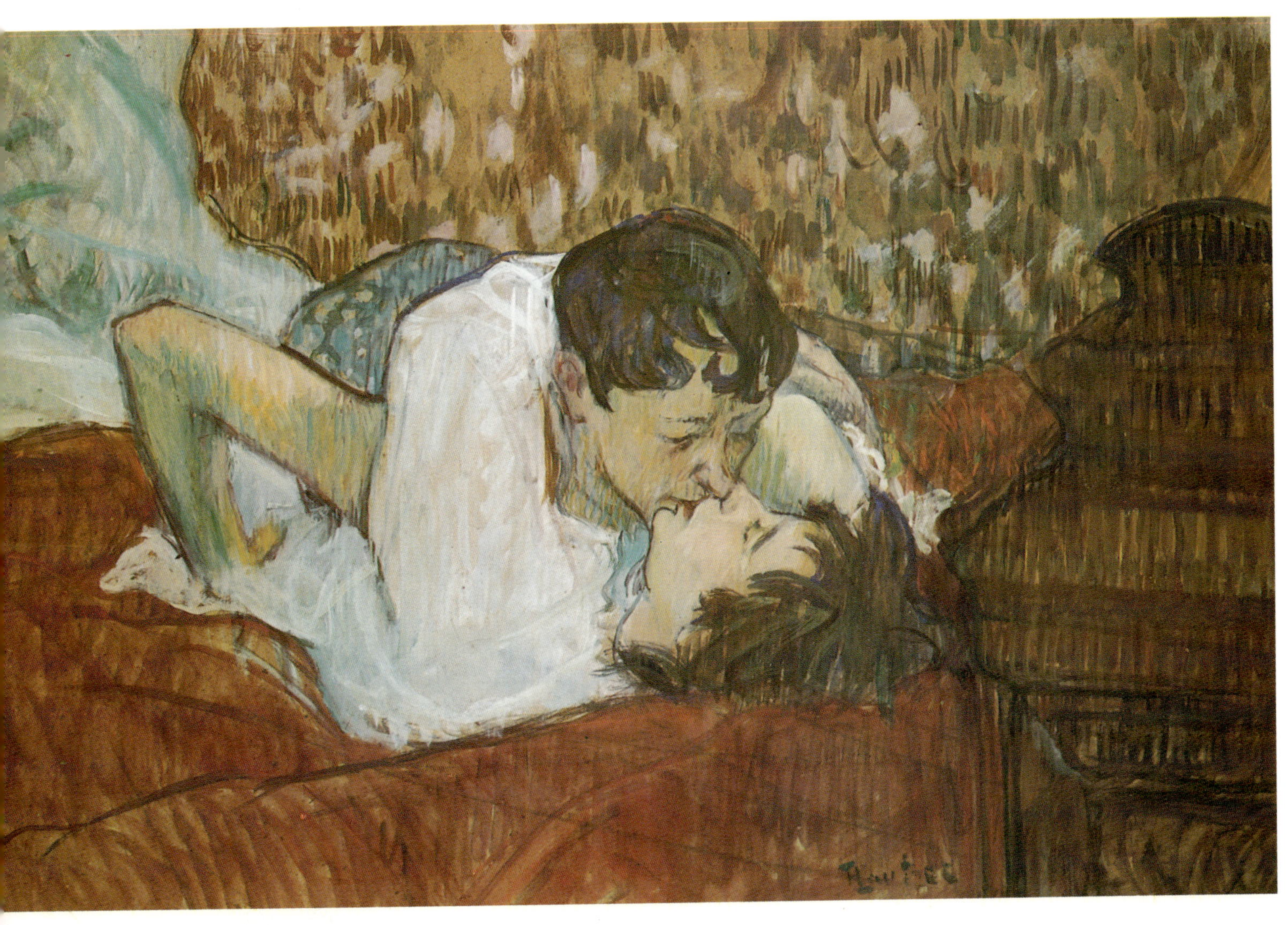

키스
LE BAISER

화면의 조형 언어가, 화면 분할에 있는 다른 작품에
비교했을 때 키스라는 주제가 뜻하듯이 .조형보다 주제
자체의 의미에 있다고 하겠다.
호젓한 침실에서의 키스.
일련의 작품을 통히어 볼 때 동성 연애기 성행하던 때라
이 작품 또한 남자와 여자가 아니라 여자들끼리만의
포즈가 아닌가 한다.
환락가나 사창가에 익숙해진 로트렉은 그곳에
있음으로써 마음의 편함을 느낄 정도로 그곳에 익숙해
있었으니 크게 놀랄 만한 주제 도입이 아니겠지만 당대,
더욱 선배인 드가도 시도해 보지 못한 대담한 주제라
하겠다.

1893년 厚紙 油彩 39×58cm
파리 개인 소장

카페의 보왈로 씨
MONSIEUR BOILEAU AU CAFÉ

일을 끝내고 찬 바람이 일면 으례 들리는
카페의 은은한 불빛 아래 서로 이마를 맞대고
대화를 나누는 몽마르트르의 사람들,
밤마다 모이기를 거듭하며 자신을 과시하는
주객들, 보왈로 씨도 그 중의 한 사람이다.
화면 전체를 삼등분하여 근경, 중경,
원경으로 볼 때, 밝고 넓은 테이블은
따뜻한 노란 벽과 함께 인물들이 놓인
중경을 돕고 있다.

보왈로 씨의 위치에 비해 뒤에 서 있는
하얀 수염의 노신사는 카페 안의 즐거운
분위기를 자아내고 있는 화면 구성의
건강함이 눈에 띈다.

1893년 厚紙 油彩 80×65cm
클리블랜드 미술관 소장

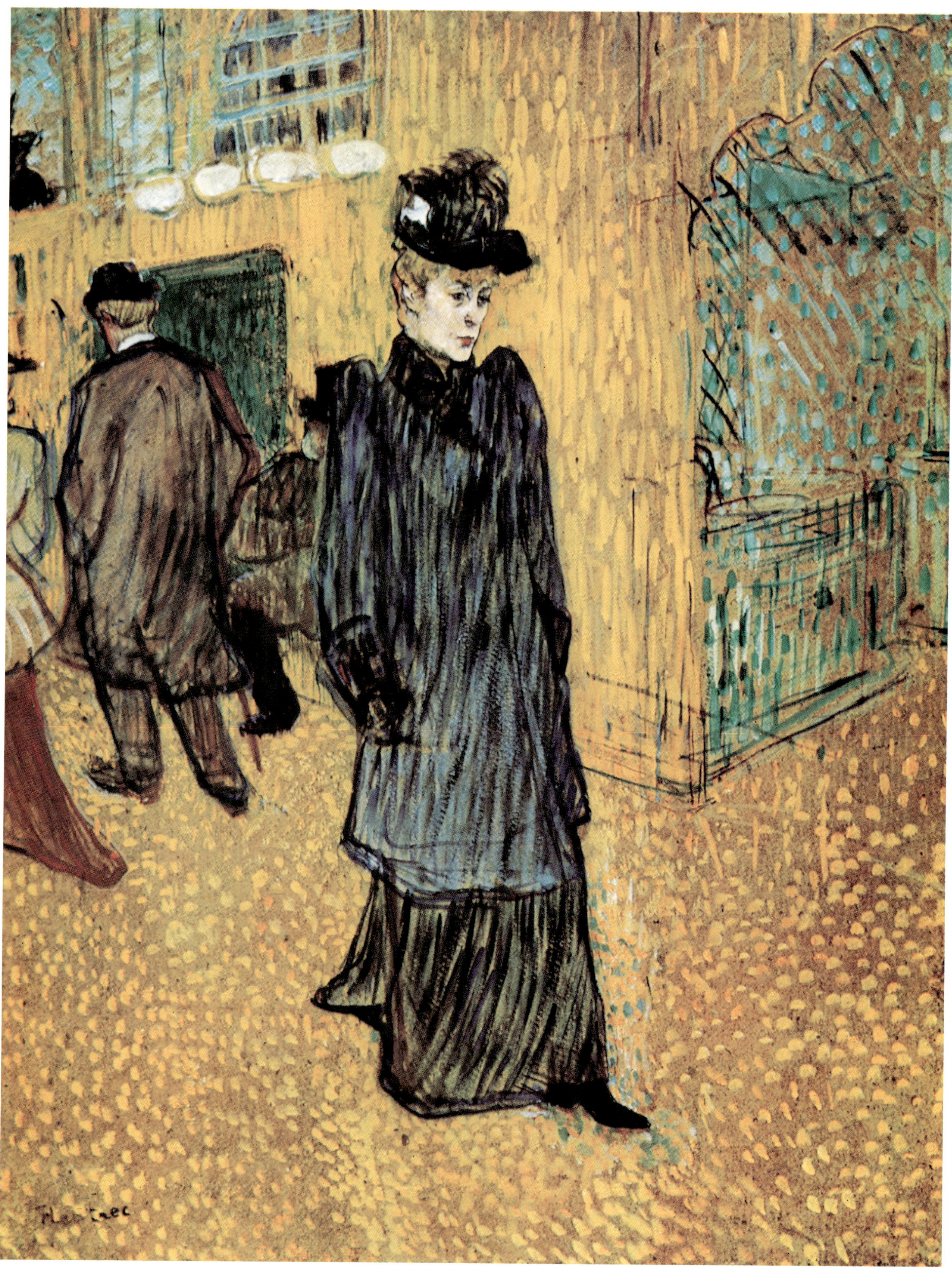

물랑루즈에서 나오는 잔 아브릴
JANE AVRIL SORTANT DU MOULIN-ROUGE

카페를 나오는 잔 아브릴.
남다르게 괴로움을 당한 그녀의 인생의
단면이 전체 몸의 표정에서도 읽을 수 있는
것은, 화가 로트렉이 아브릴의 내심을
숨길 수 없는 진한 인간적인 면에 공감하며
관찰하였기 때문이다.
노란 주조색에 보색 관계의 파랗고 긴
외투를 입은 아브릴은 배경의 돌아선
사람들에게서 멀리 떠나야만 하는
사람처럼 길을 재촉하는 것만 같다.
오래 그린 그림이라기보다 〈춤추는 잔
아브릴〉과 같이 짧은 시간에 제작된
작품이다.

1893년 厚紙 油彩 63×42cm
코네티컷 워즈워드 애시니움 소장

춤추는 잔 아브릴
JANE AVRIL DANSANT

준비된 유화용 두꺼운 종이 위에, 간결한
선으로 다리를 들어올려 보이는 동적
움직임이 한결 시각의 변화를 가져온다.
검정 선으로 그린 후에 밝은 흰색으로
양감을 처리하고 중간 톤으로 애조를 띤
한색조로 주변을 감쌌다.
뒷면의 정겨운 표정의 여인들은 장소의
분위기를 확인해 주는 듯.
주변 여인들 중에서도 세련된 취미와
섬세한 감정을 가졌고 보기 드물게 예술을
이해한 잔 아브릴.
이탈리아의 귀족과 창녀 사이에 태어난
쇠잔한 인생을 안은 그녀의 많은 고뇌를
공감했던 로트렉은 기회만 있으면 화폭에
담았다.

1893년 厚紙 油彩 85.5×45cm
파리 인상파 미술관 소장

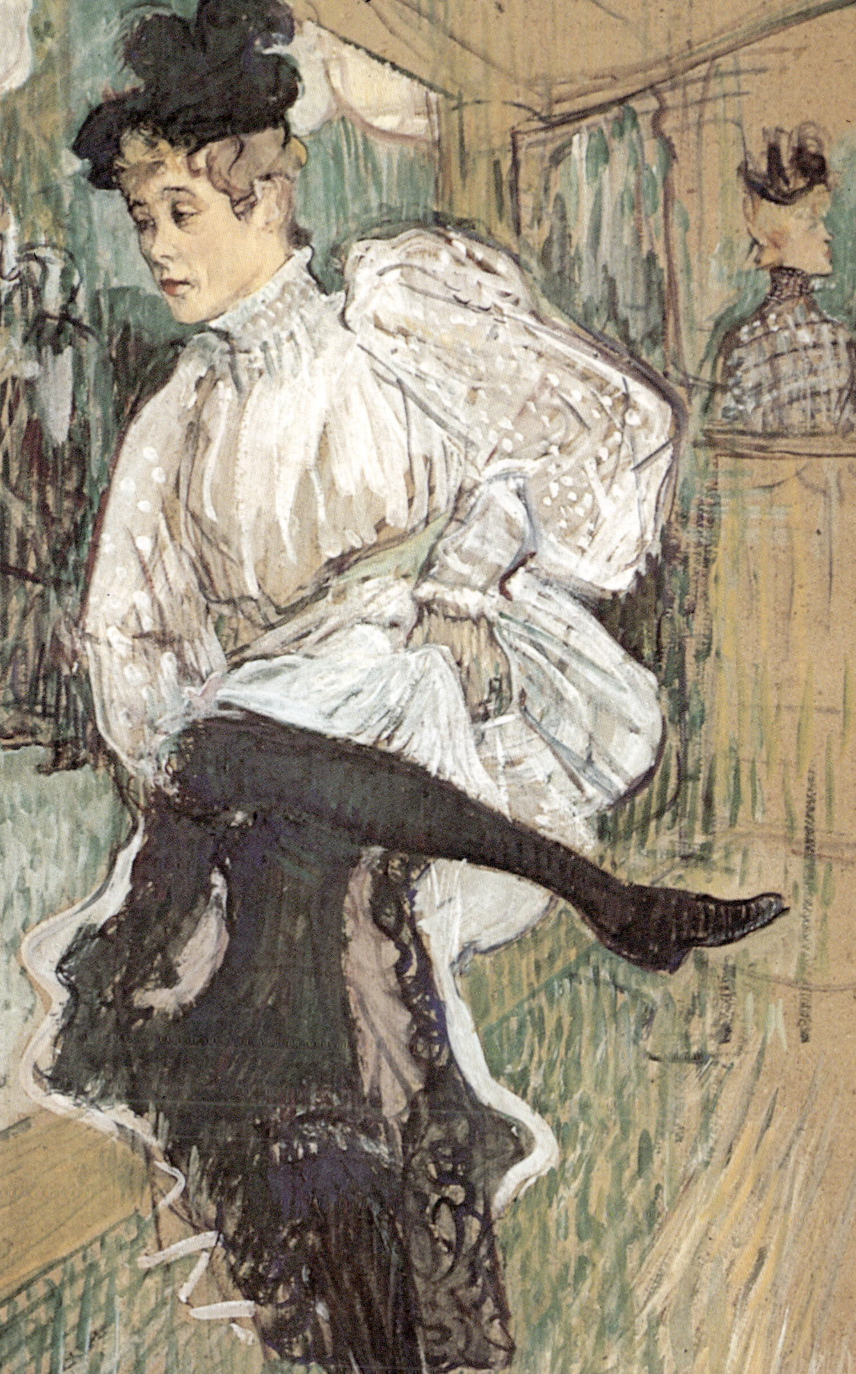

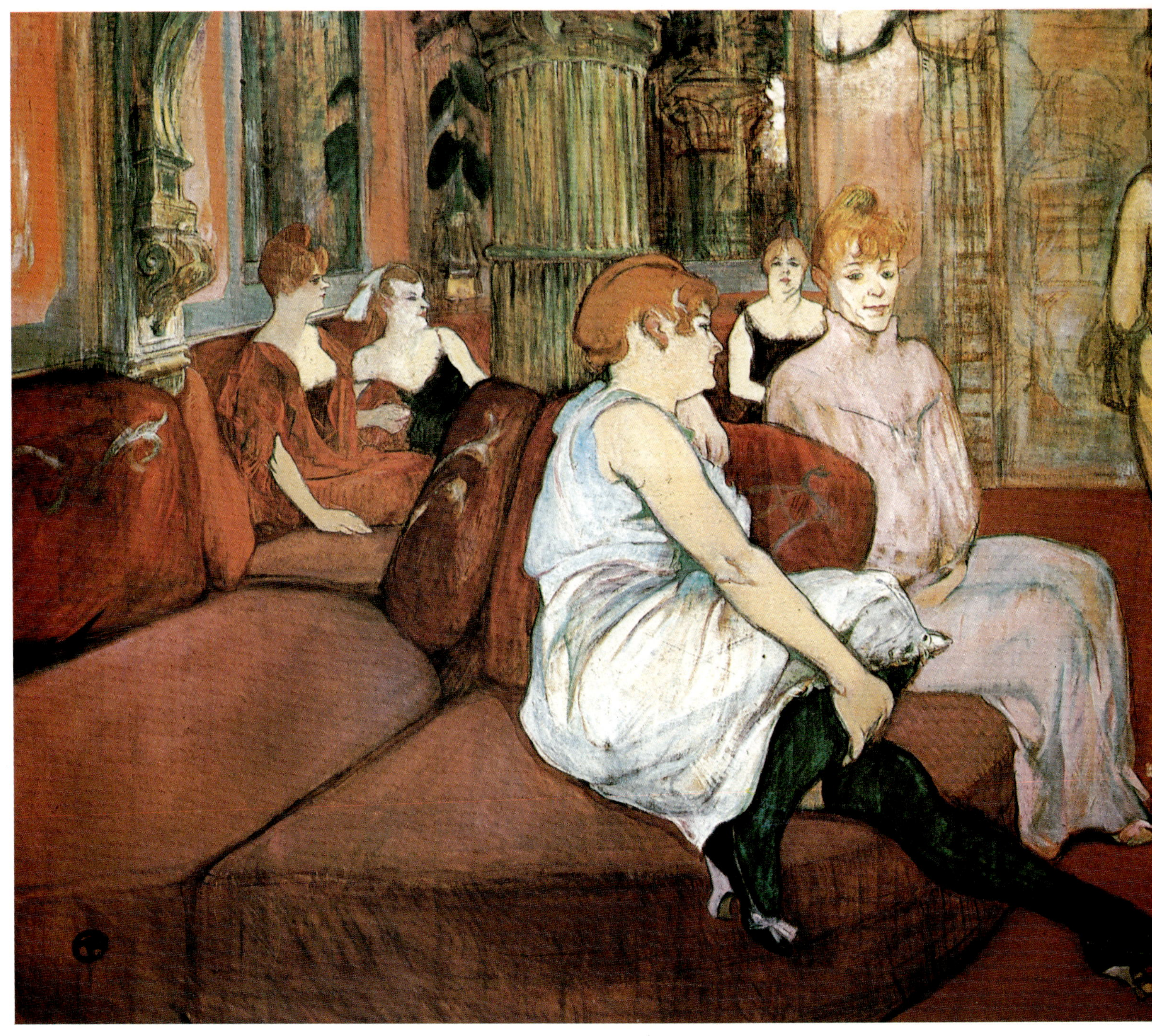

여자 어릿광대 샤 위 카오
LA CLOWNESSE CHA·U·KAO

로트렉의 작품 중에서 루브르 미술관에서
처음으로 공개된 것이 이 작품인데, 그 전에
로트렉에게서 직접 이 그림을 산 카몬드
백작도 이런 종류의 주제 또는 표현에
얼마간 저항을 느꼈는지 그가 수집한 딴
그림과는 별도로 하여 이것만 눈에 띄지 않는
곳에 걸었다 한다.
　여성의 이와 같은 표정이나 자태를
스냅쇼트로 포착하는 방법에는 많건 적건
드가의 영향이 느껴지나, 이런 세계에서
사는 여자들이 거칠고 품위가 없기는 하나
일종의 굳센 생명력을 그려내거나, 또는
암시하고 있다는 점에서는 이 작품도
로트렉만의 특징을 살리고 있다.

1895년 厚紙 油彩 64×49cm
파리 인상파 미술관 소장

물랑街의 살롱에서
AU SALON DE LA RUE DES MOULINS

　한 사람이나 둘만이 아닌, 군상으로서의
이 작품은 화면의 리듬을 특히 강조한
듯하며, 색채의 부드럽고 아름다운 조화는
로트렉 특유의 선과 잘 어울려 그가 즐겨
다루는 몽마르트르의 사창가나 살롱을
중심으로 한 작품이면서, 즉흥적인 맛을
내기 위해서 신중한 제작 태도로서 정력을
기울였다.
　좌측 상단 여인의 머리에서 주인물의
다리까지 뻗치는 직선이 상반되는 소파
선과 반쪽 여자 입상의 머리에 이어져
언뜻 X 자 구도를 연상하게 된다.

1894년 캔버스 油彩 111.5×132.5cm
알비 미술관 소장

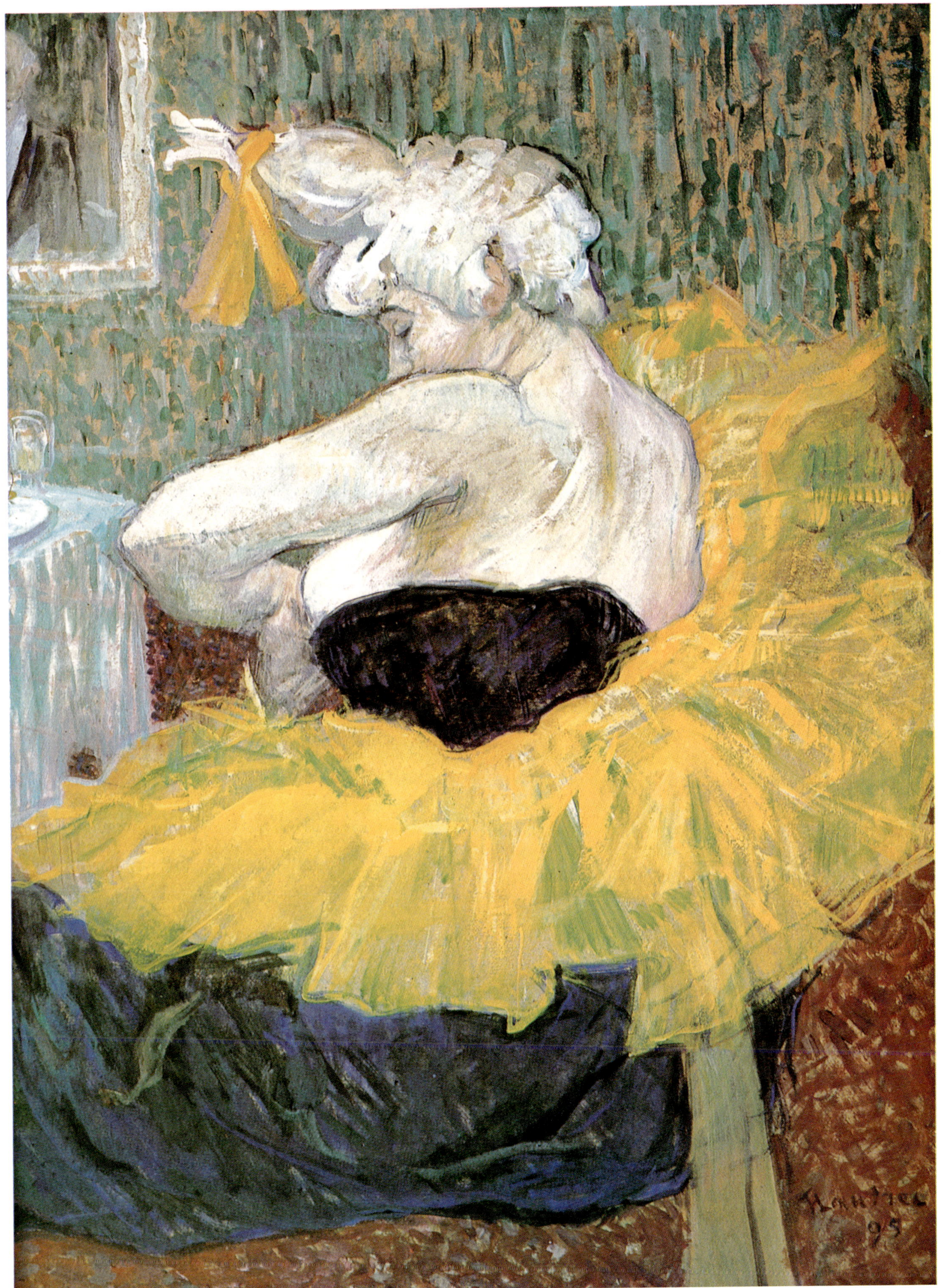

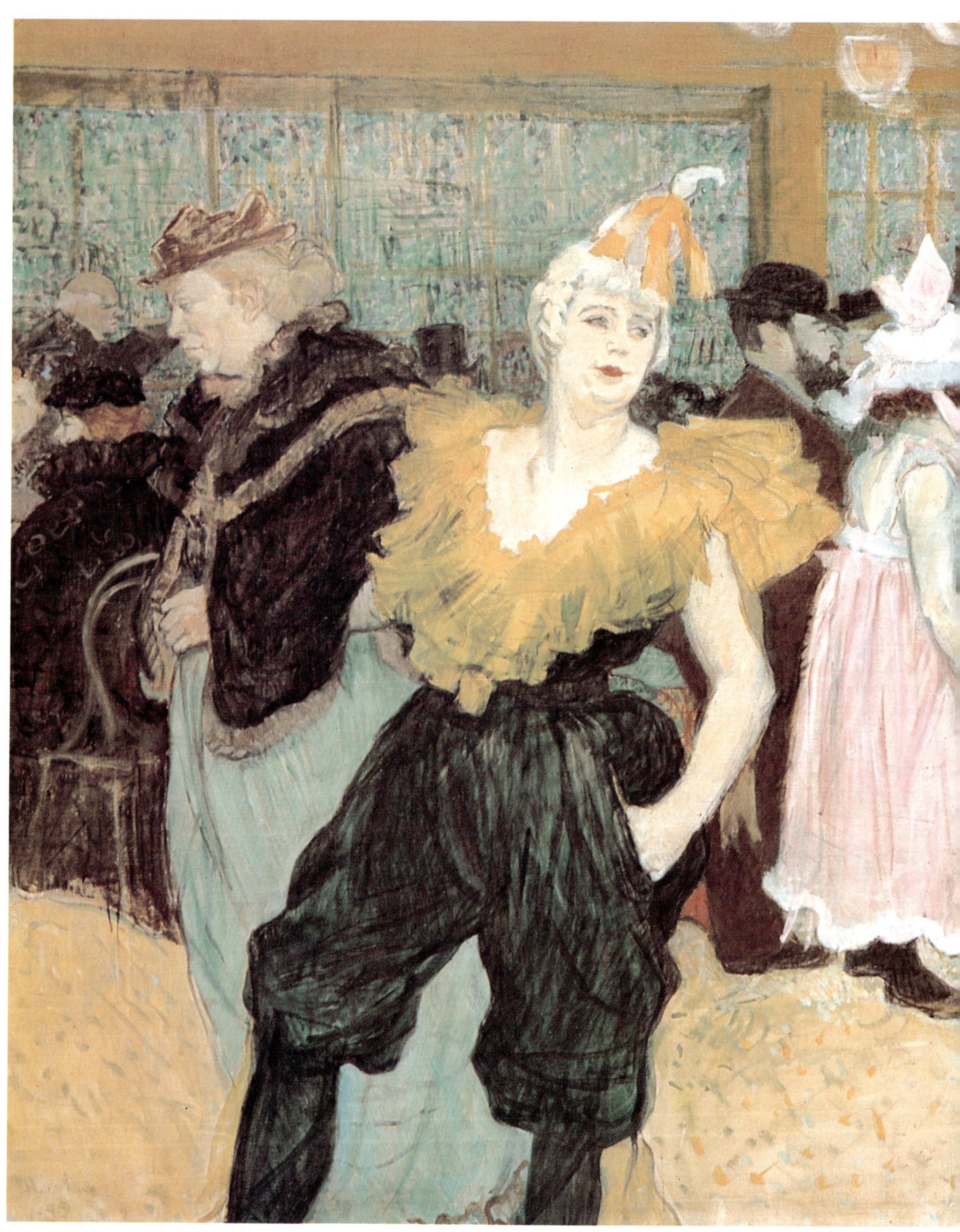

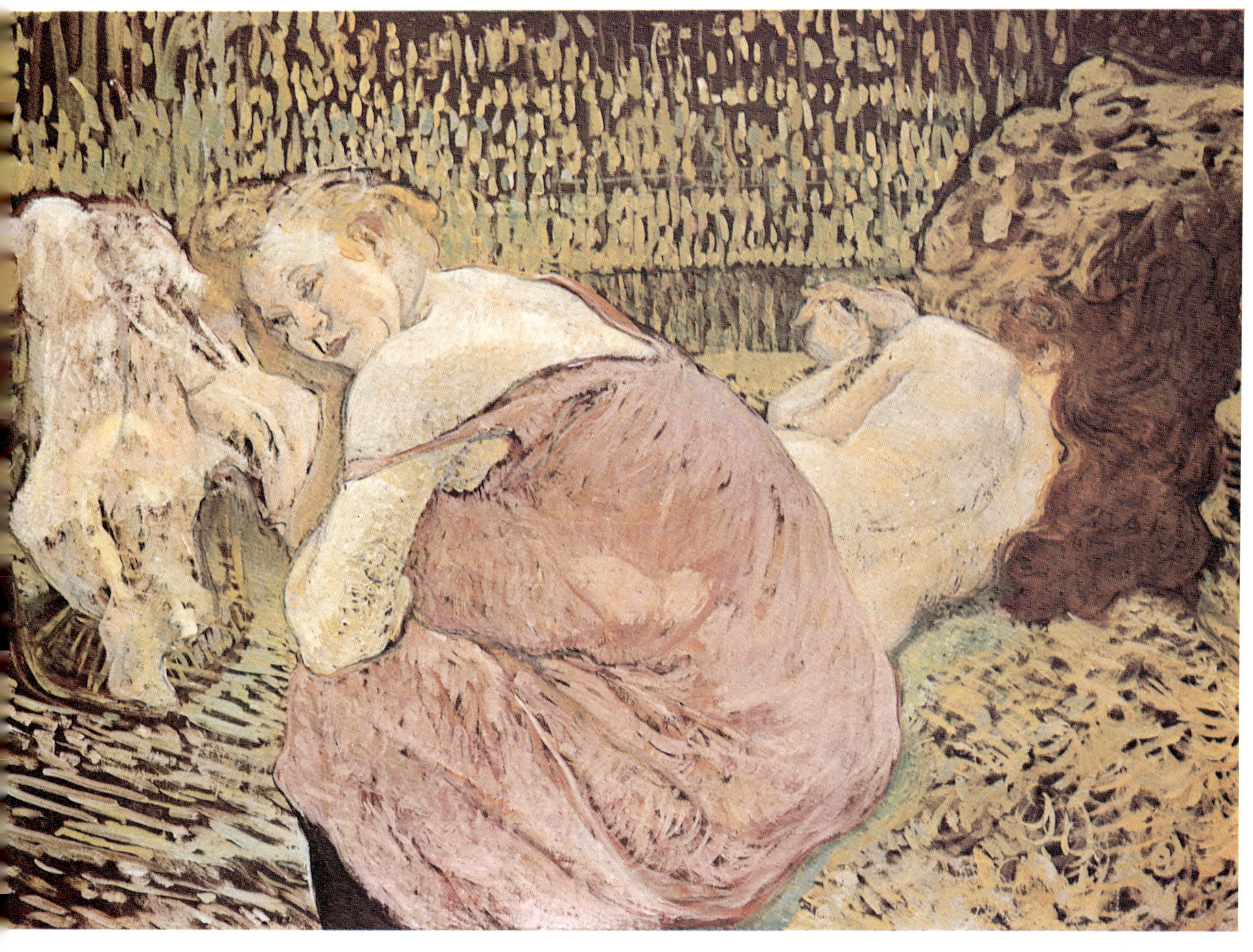

두 여자 친구들
LES DEUX AMIES

지금도 관광객들이 끊이지 않는 삐갈가
(街)에 있는 바 「앙퇴(퐁뎅이)」이나
브레다가(街)에 있는 「수리(생쥐)」 등은
당시의 파리의 레즈비언의 메카로
알려졌는데, 하가 자신도 이들의 세계에
깊이 젖어 살며 그림의 소재로 마음
먹곤했다.

그들의 세계를 혼연스럽게, 그러면서도
평소의 날카로운 눈으로 파악되어 있음을
특이한 표정이랄지, 왼쪽 어깨의 흘러내린
시미즈의 끈에서나 토라진 채 반대쪽을
보고 누워 있는 나부의 유연한 선이나,
풀어 헤친 머리카락이, 의자에 벗어 던진
옷과 함께 전체적 균형을 유지하고 있다.

1895년 厚紙 油彩 59.5×81.5cm
드레스덴 국립 회화관 소장

물랑루즈의 샤 위 카오
CHA·U·KAO AU MOULIN·ROUGE

물랑루즈(붉은 풍차) 시리즈를 수없이
제작하던 31세 때의 로트렉은 밤의 세계에
익숙해졌고, 여기 중국풍의 이름을 지닌
댄서 카오 양의 유채나 데상, 석판화를
다수 남기었다.

샤 위 카오의 팔을 낀 가브리엘의 옆
모습은 분장한 채 무대를 내려온 우수에
젖은 샤 위 카오를 돋보이게 한다.

뒤의 많은 군중 속에 가브리엘의
시선과는 정반대로 자신의 자화상을 집어
넣어 화면의 더욱 연장된 느낌을 시도함을
볼 수 있다.

1895년 캔버스 油彩 75×55cm
빈테르투르 O. 레인하르트 콜렉션 소장

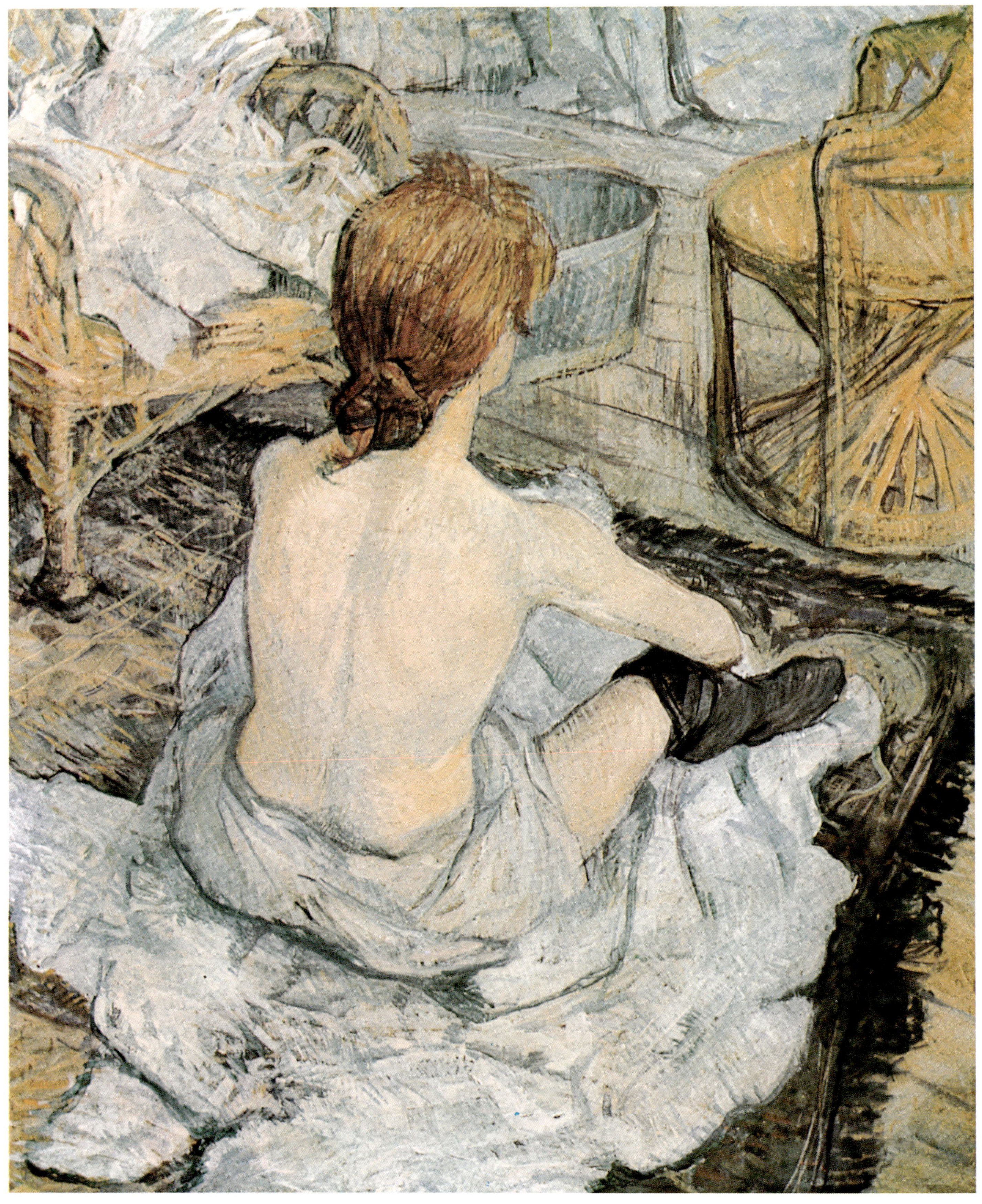

화장하는 여인
FEMME À SA TOILETTE

상반신을 훌훌 벗어 버린 채 등을 보이고
있는 여자. 그 아름다움이나 미모를 그리는
다른 작가와는 달리 등을 보이는 화폭에

꽉 들어 찬 한 모델을 통하여 인간의 내면을
생각케 한다.
　로트렉이 여성을 모델로 한 것 중에
1890년을 경계로 화가를 위해 포즈를 취한
평범한 초상 중심인데 반해, 후반엔 여성
특유의 사생활에서 얻은 특이한 포즈들이

중심을 이루는 대조를 보인다.
　지극히 평범한 포즈이지만 드가를 연상케
하는 대담한 구도가 보이지 않는 얼굴에서
긴 여운을 남긴다.
　1896년 厚紙 油彩 67×54cm
　파리 인상파 미술관 소장

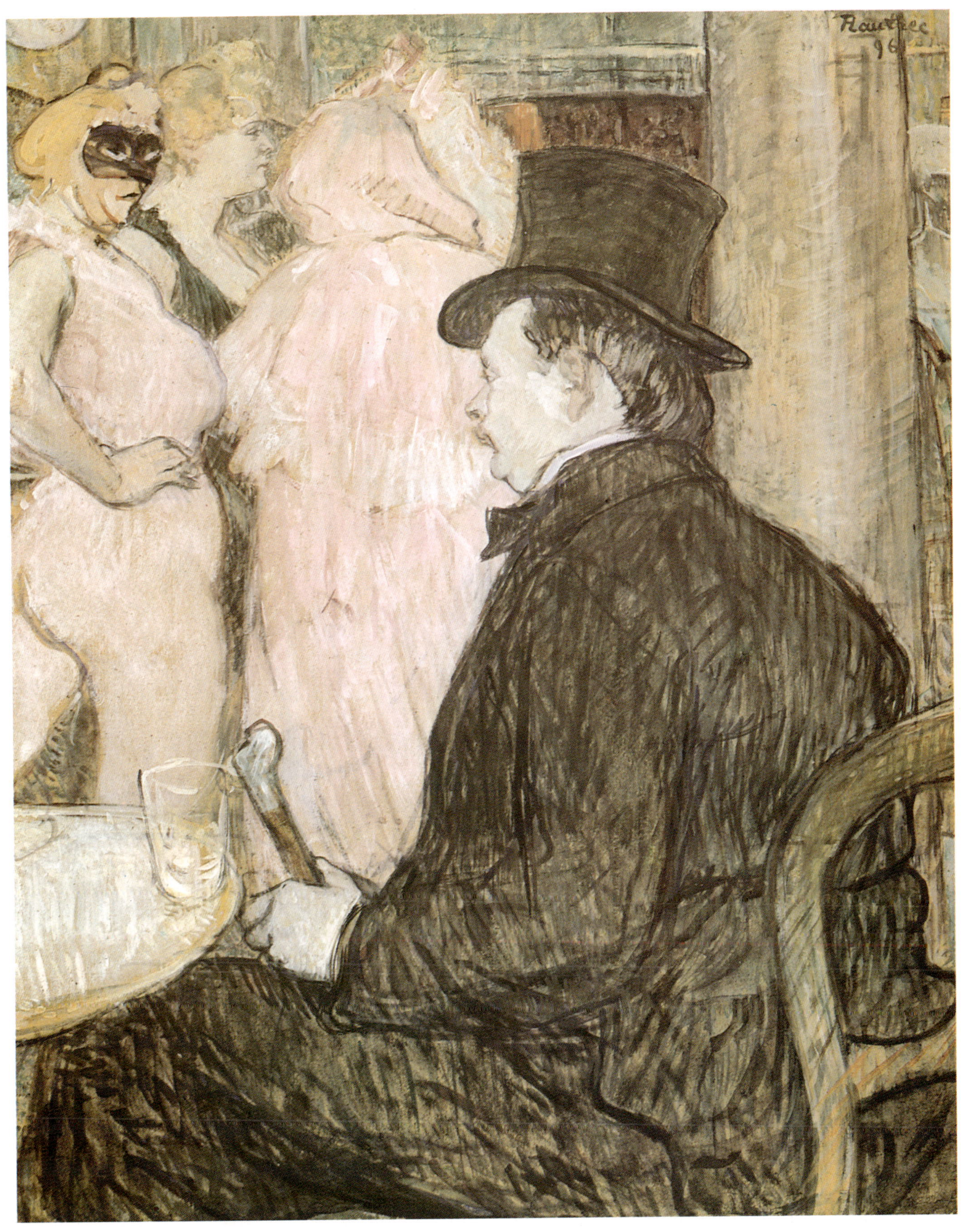

오페라 극장의 막심 드토마
MAXIME DETHOMAS AU BAL DE L'OPÉRA

화가 겸, 판화가인 막심 드토마는 로트렉의
친구로 28세의 나이에 비해 훨씬 더 들어
보이는데, 거구인 큰 몸과 정장한 옷차림

때문이기도 하지만 구도상 대각 앵글로
취급된 세 여인의 밝은 뒤 부분에 힘입어서
더욱 박진감을 주기도 한다.
　그림으로서의 인물에 수반되는 배경
처리는 중심 인물의 성격이나, 화면 구성상
절대적임을 실감케 한다.

욕심 같아선 앞 인물의 얼굴도 좀더
어두운 톤의 처리였으면 하는 아쉬움을
남긴다.

1896년 厚紙 油彩 67.5×52.5cm
워싱턴 국립 갤러리 소장

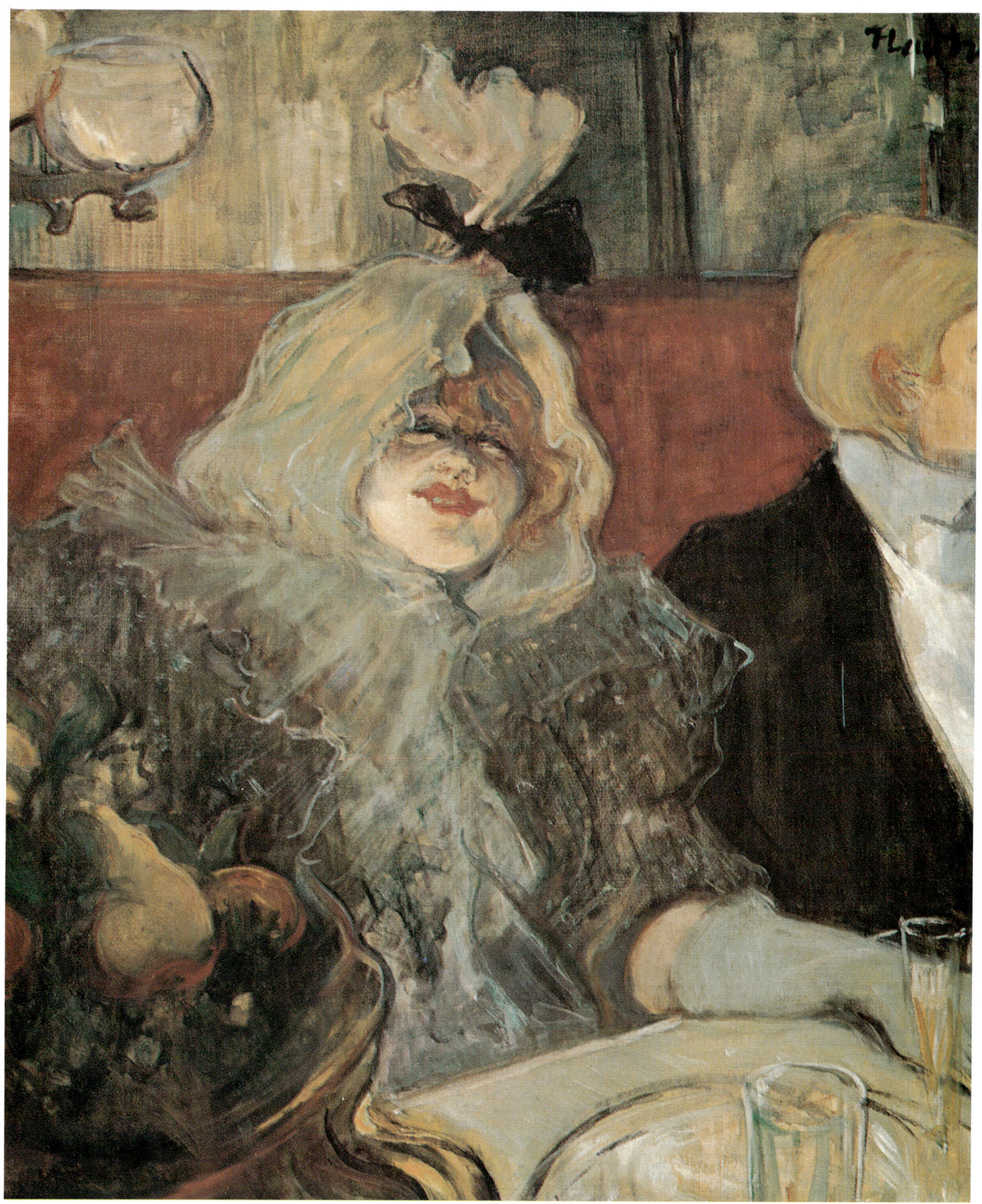

独室에서
EN CABINET PARTICULIER

자신을 가둘 수 없게 된 로트렉의 정신적,
신체적 건강의 어려움은 한층 고조되고
특히 알콜에 의해 이어지는 로트렉의
생활은 작품에도 적잖은 영향을 준다.

유명한 창녀 루시 쥘낭과 친구인 영국
화가 찰스 콘데라지만 확실치는 않다.
테이블을 전면에 둔 두 인물에는
날카로운 선묘 표현은 사라지고 대신
색조의 변화를 주로 한 거칠고 투박한
그러면서도 강인한 선을 수반하고 있음이
눈에 띈다.

1899년 초에 3개월 동안 사우나토리움에
입원을 한 후 6개월을 르아브르에 휴양
중에 그린 마지막 시기의 스타일을 볼 수
있는 좋은 예이다.

1899~1900년 캔버스 油彩 55×45cm
런던 대학 코톨드 미술 연구소 소장

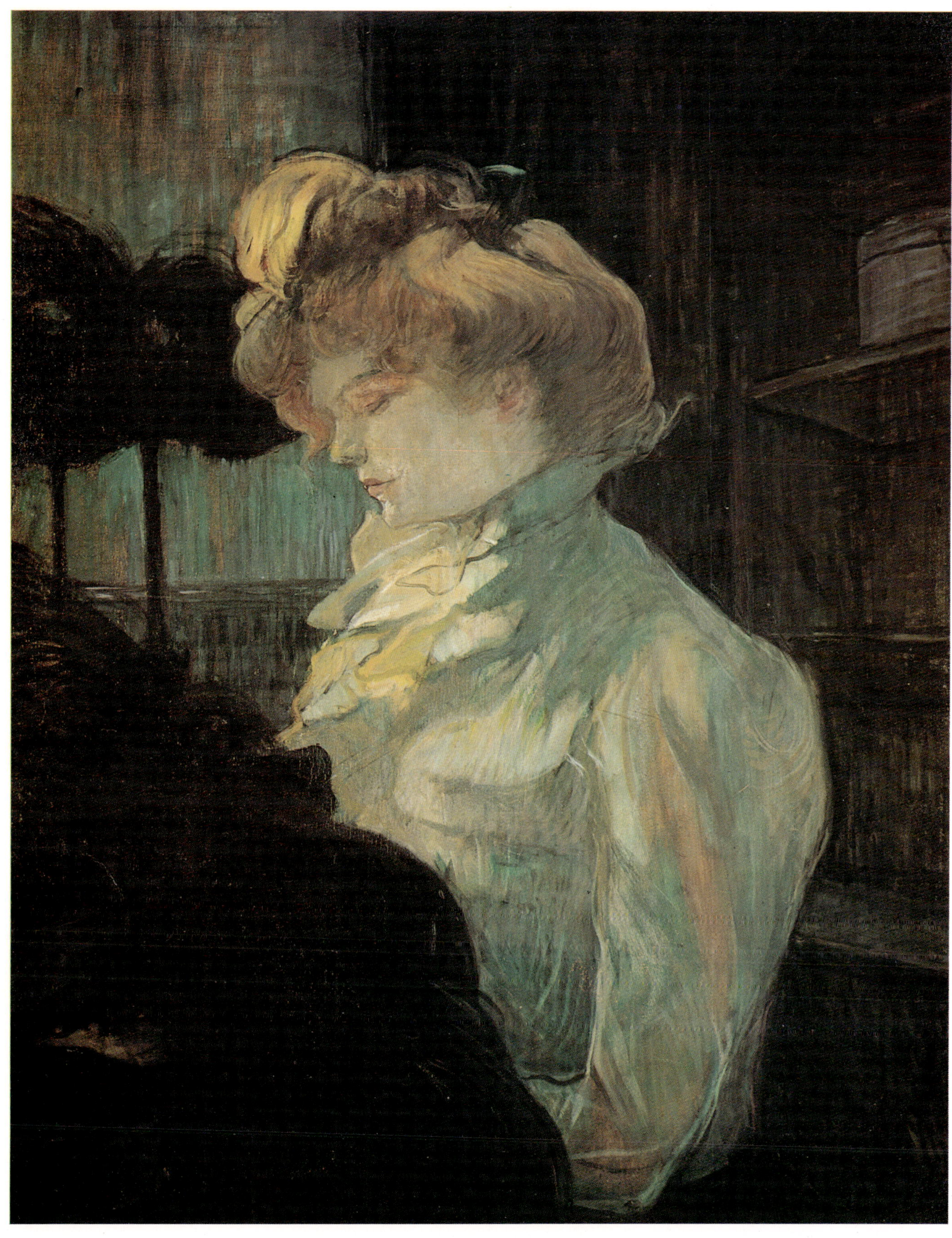

모자점의 여자
LA MODISTE

여인의 아름다운 옆 얼굴과 금발에
마음이 쏠리는 것은 짙은 청록색의 주조 속에
점의 상태로 밝은 빛이 내리비치고 어둠 속
벽장에 놓인 모자며, 여인을 돋보이기

위한 앞 부분의 머리 장식의 배열도 만년의
로트렉의 대담한 시도를 넘겨다볼 수
있다.
　모델은 이미 1893년 로트렉이 가게에서
모자를 만지는 모습을 석판화로 제작할
정도로 친숙한 르네베일이다.
　병으로 쇠약해진 그는 지난날의 선묘

터치를 살리려 하였지만, 유채의 색조는
단조롭고 무거우며 터치는 조심스럽게
정돈되어 있다.

1900년 板 油彩 61×49.3cm
알비 미술관 소장

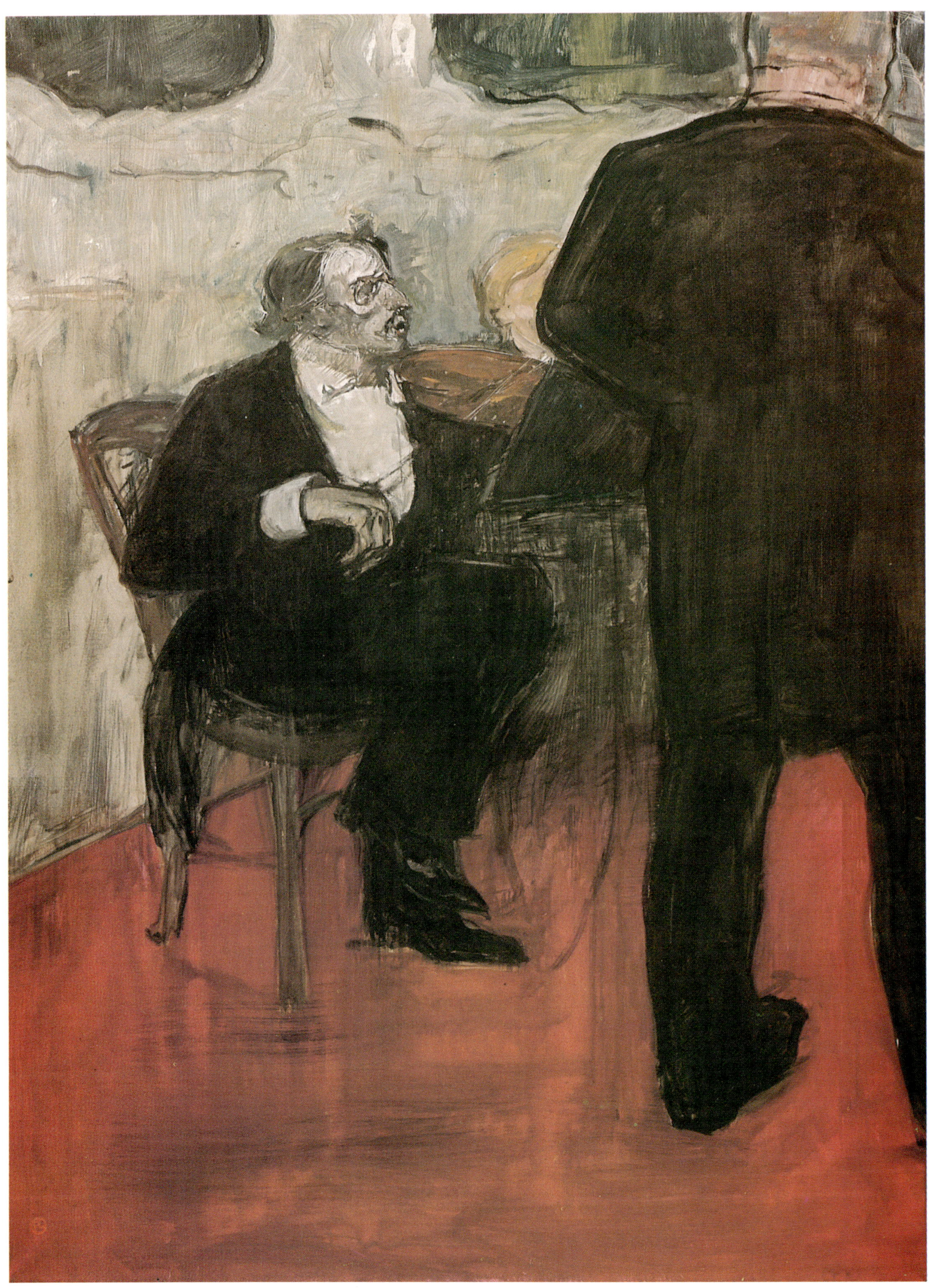

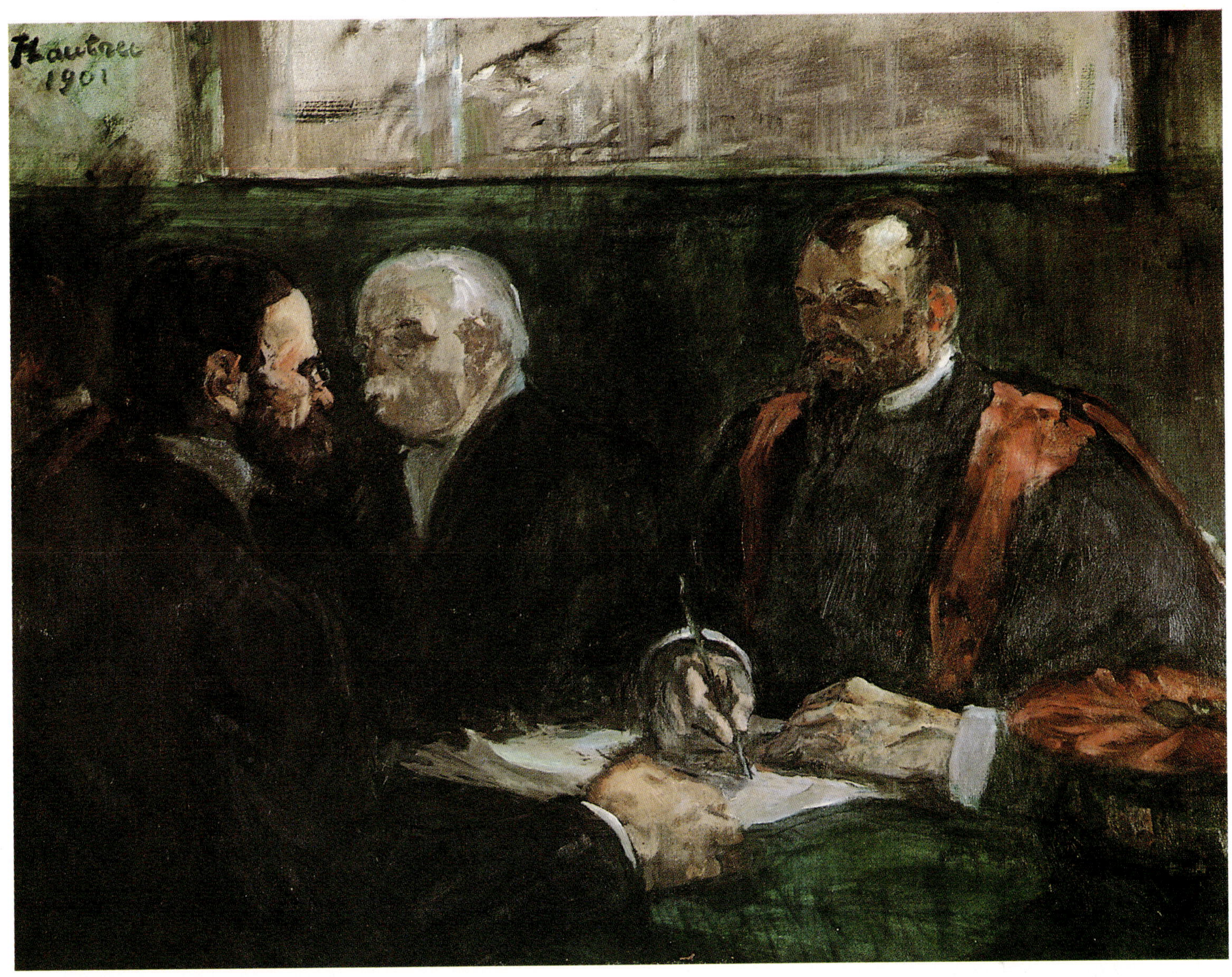

파리 대학 의학부의 시험
UN EXAMEN À LA FACULTÉ DE MÉDECINE DE PARIS

바이올리니스트 당클라
LE VIOLINISTE DANCLA

붉은 카아핏 위의 바이올리니스트의
음악에 심취된 표정이 단조로우면서도
대담한 화면 구성에 의해 구사되고 있음을
보여주는 작품이다.

인물 처리는 감상적인 사실을 전혀
배제하고 연주자의 심상을 꿰뚫는 듯
얼굴에서 주는 표정과 손 부분의 강조는
우측에 선 투박한 입상에 의해 로트렉
특유의 개성을 나타내고 있다.

로트렉에게는 〈피아노 앞의 디오 양〉을
비롯하여 브뤼앙과 데지레 디오의 상송집의
삽화나 또는 표지 등 음악과 관련이 있는
작품이 적지 않은데, 음악에 대해 관심이
개인적인 관련을 초월하여 음악가의
스테이지에 흥미를 느껴 제작된 작품이다.

1900년 캔버스 油彩 92×67cm
네덜란드 개인 소장

로트렉이 최후의 생을 마치는 채에
제작된 이 그림은, 이미 쇠약해진 몸과
마음이었지만 작품 속에는 탐구자의 매서운
터지도 짜임새를 잃지 않고 있다.

학위 논문의 질의 응답을 하고 있는
로베르 부르즈 교수와 로트렉의 사촌
동생 가브리엘 타비에드 셀레이랑을
그렸는데, 후에 명의가 된 그를 통하여 수술
현장을 볼 기회를 얻었고, 그 광경을 몇 번
그린 적도 있다.

여기에 실은 작품은 사촌 동생임과
동시에 그의 가장 좋은 벗이었던 이 젊은
의학도를 그리워하는 마음에서 그린 것으로
생각되는데, 이 그림의 주역은
가브리엘이라기보다는 차라리 교수 편이며,
특히 그의 눈이나 입가, 테이블 위의 양손
등의 디테일이 주제의 분위기를 잘
나타내고 있다.

1901년 캔버스 油彩 65×81cm
알비 미술관 소장

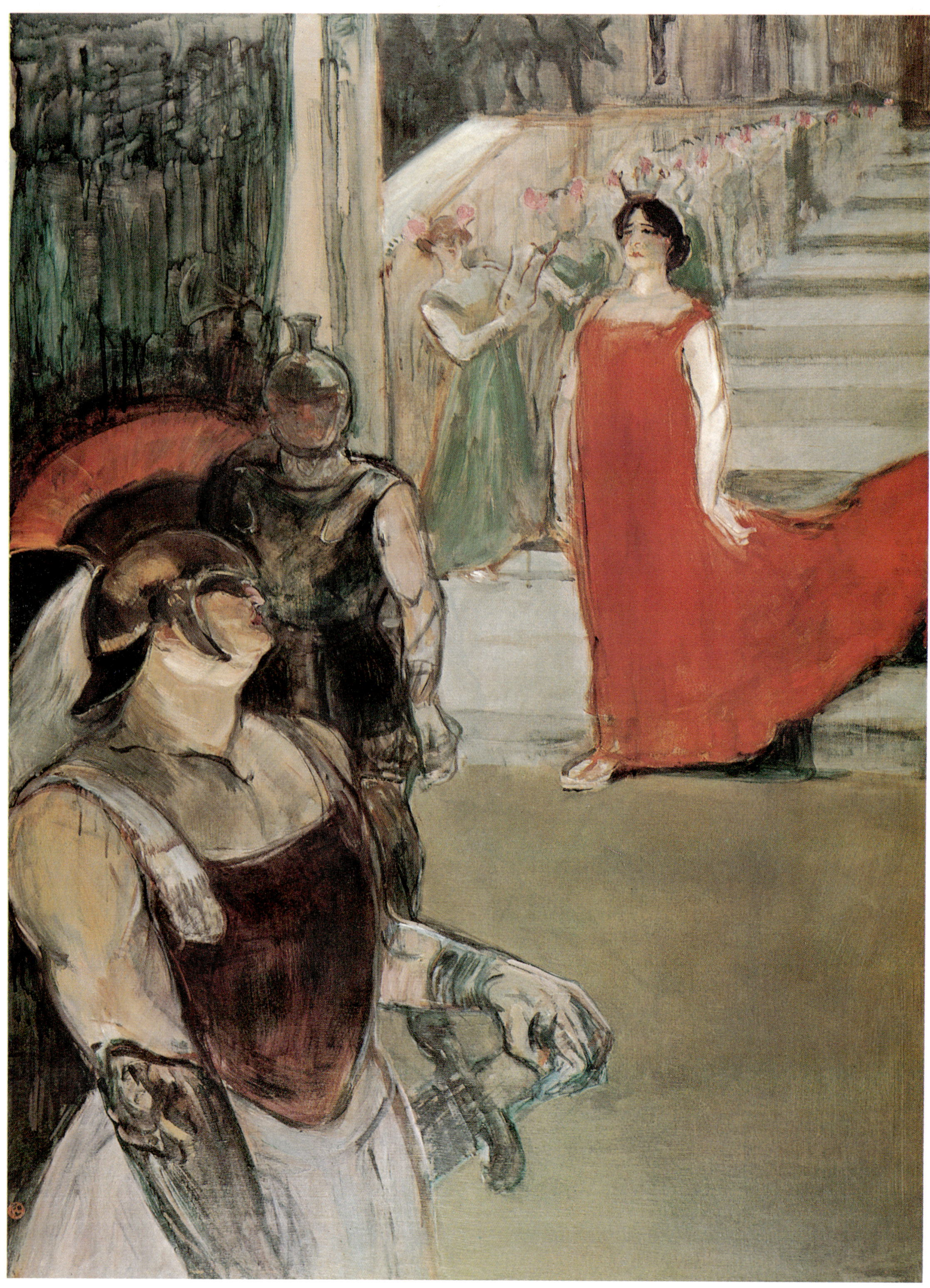

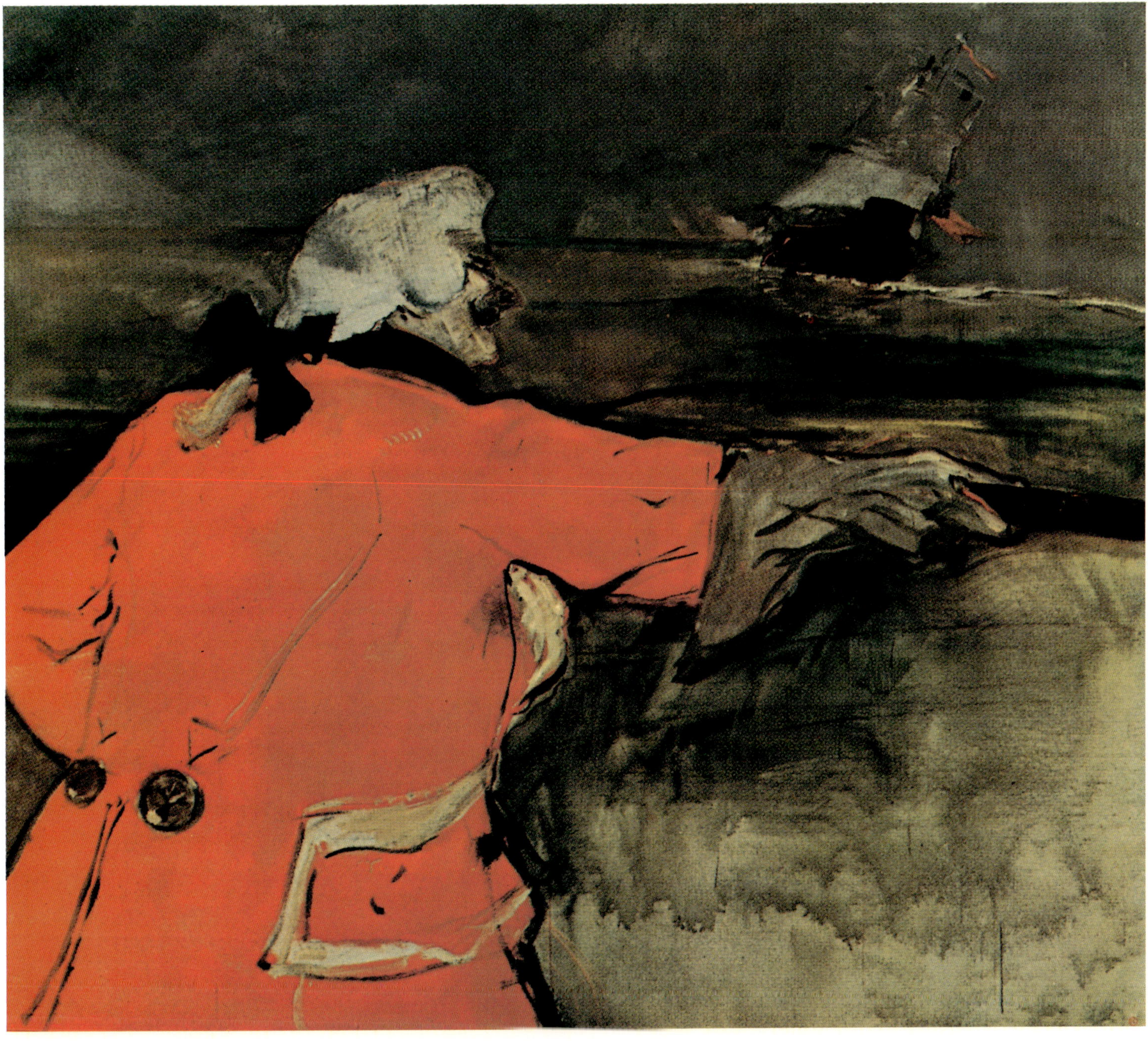

메살리느
MESSALINE

로트렉의 만년이 될 1900년.
심해진 건강의 악화로 제2의 도시
보르도에 제작실을 마련한 그는 흥미를
가진 연극에 관심을 보여 규칙적으로 오페라
하우스에 나타났다.
처음에는 오페라, 바하의 통속적인
오페레타 「어여쁜 헬레나」를 보고 몇 점의
소묘를 그렸다. 이어 「메살리느」의
첫무대를 본 그는 그것을 소재로 한
유화를 그리기에 정성을 다하였다.
시녀들이 줄지어 선 계단을 빨간 옷을
끌며 내려서는 메살리느의 당당한 모습은
앞에 선 병사들을 압도한다.

1900~1년 캔버스 油彩 99.5×73cm
로스앤젤리스 郡 미술관 소장

비오 제독의 초상 (부분도)
L'AMIRAL VIAUD

젊은 로트렉이 운명하기 전에 남긴
것으로, 작품에 대한 왕성한 제작 의욕을
보인 작품 중의 하나이다.
비오는 로트렉가(家)의 의뢰로 주벽을
버리지 못하는 로트렉의 감시역을 맡은
터라 함께 생활을 하며 여행을 하였지만
비오도 술을 무척 좋아해 둘이 서로
호흡이 맞았다.
1901년 남프랑스 보르도, 아카숑
등지로 여행을 했을 때의 그 추억을 더듬어
그린 그림인데, 붉은 제독 차림의 비오를
화면 전면에 깔고 보기 드물게 바다 풍경
위에 기웃하는 돛배를 그려 신체적인
불구에 의한 지루한 도시 생활에서의
탈출을 의미하는 듯한, 그러면서도 만년의
운명을 점치는 듯한 환상적인 상한 느낌을

주는 작품이다.

1901년 캔버스 油彩 139×153cm
상파울루 미술관 소장

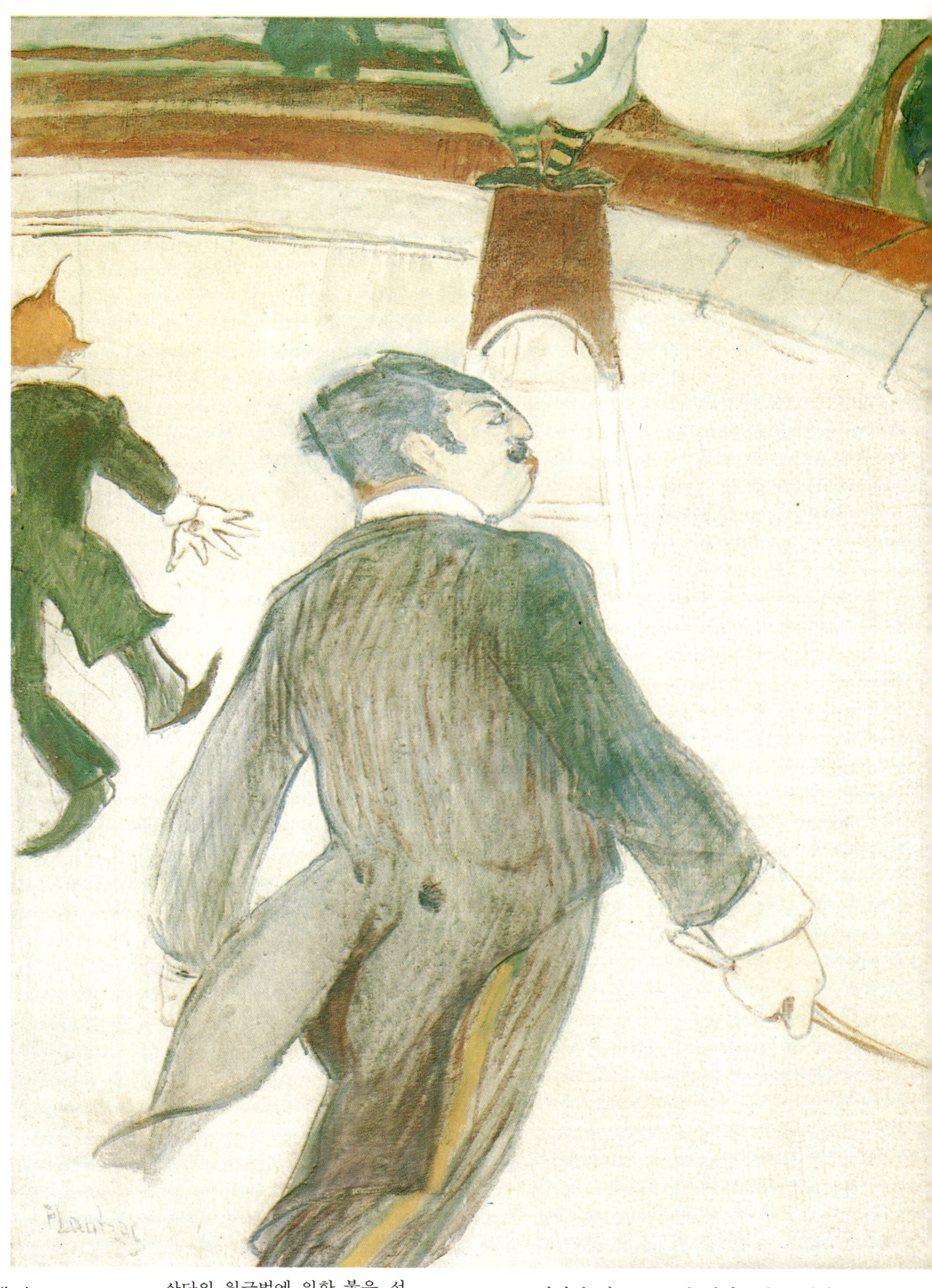

페르난도 서커스에서
AU CIRQUE FERNANDO

상단의 원근법에 의한 붉은 선 때문이겠지만, 화면의 속도감이 구부정한 채 뒷발을 차며 달리는 흰말을 재촉하는 듯하다.

물랑루즈와 밀리통 등과 함께 그 무렵 몽마르트르에서 인기를 모으고 있던 것이 이 페르난도 서커스였는데, 당시 드가나, 르노와르, 쇠라와 함께 로트렉도 즐겨 찾던 곳이었다.

약간 높은 원탁의 관중석에서 본 듯한 시선의 각도로 그린 서커스의 조련사 무슈르와이알과 말등에 앉은 여자 곡마사의 인상적인 얼굴 처리가 로트렉다운 일면을 보인다.

화면 왼쪽 끝의 뒷모습이 보이는 인물은 달리는 말이나, 웅성이는 관객들과 함께 서커스 분위기를 한층 고조시키고 있다.

1888년 캔버스 油彩 100.3×161.3cm
시카고 미술 연구소 소장

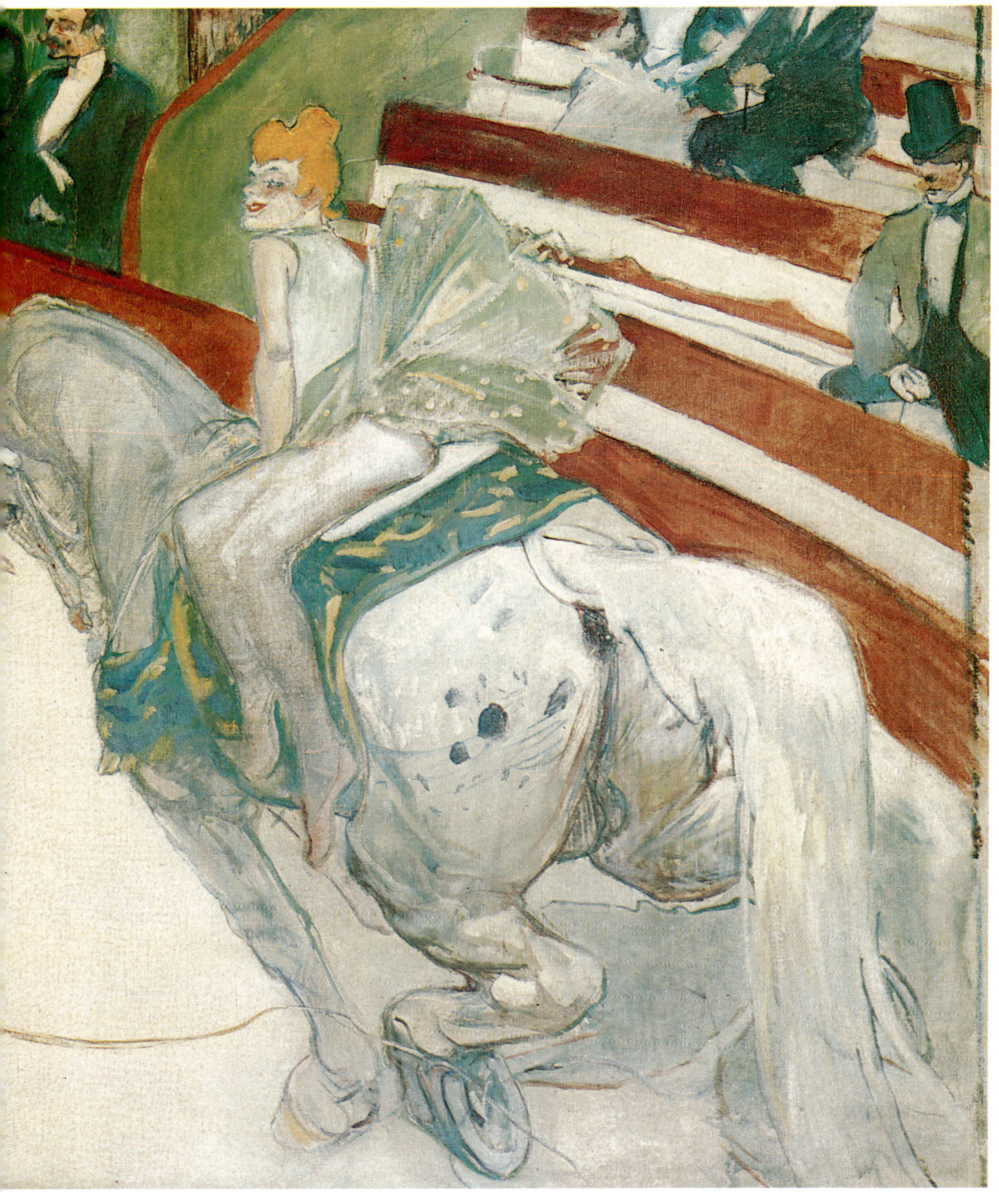

빛과 音樂이
交織된 哀·歡

툴루즈 로트렉, 정식 명칭은 앙리 마리 레이몽 드 툴루즈 로트렉 몽파는 1864년 11월 24일 남 프랑스의 고도(古都) 알비에서 태어났다.

부친 알퐁스 백작(1838~1912)과 어머니 아델 타피에 드 셀레이랑은 사촌 간이었다. 이른바 근친 결혼인데 이것은 로트렉 가문에서는 이미 그런 선례가 있었으므로 결코 색다른 일이라고 할 수는 없었다. 부친 쪽의 로트렉 가문은 프랑스에서도 유수한 가문이고 그 귀족의 가계(家系)는 멀리 12세기까지 거슬러올라간다. 그의 조상들 가운데에는 옛날에 십자군의 용사로서, 또 그 후에는 용맹한 군인으로서, 또는 프랑스 왕가와 인연이 깊은 고관으로서, 프랑스에 널리 그 이름이 알려진 걸물(傑物)도 적지않이 포함되어 있었다. 한편 모친 쪽의 셀레이

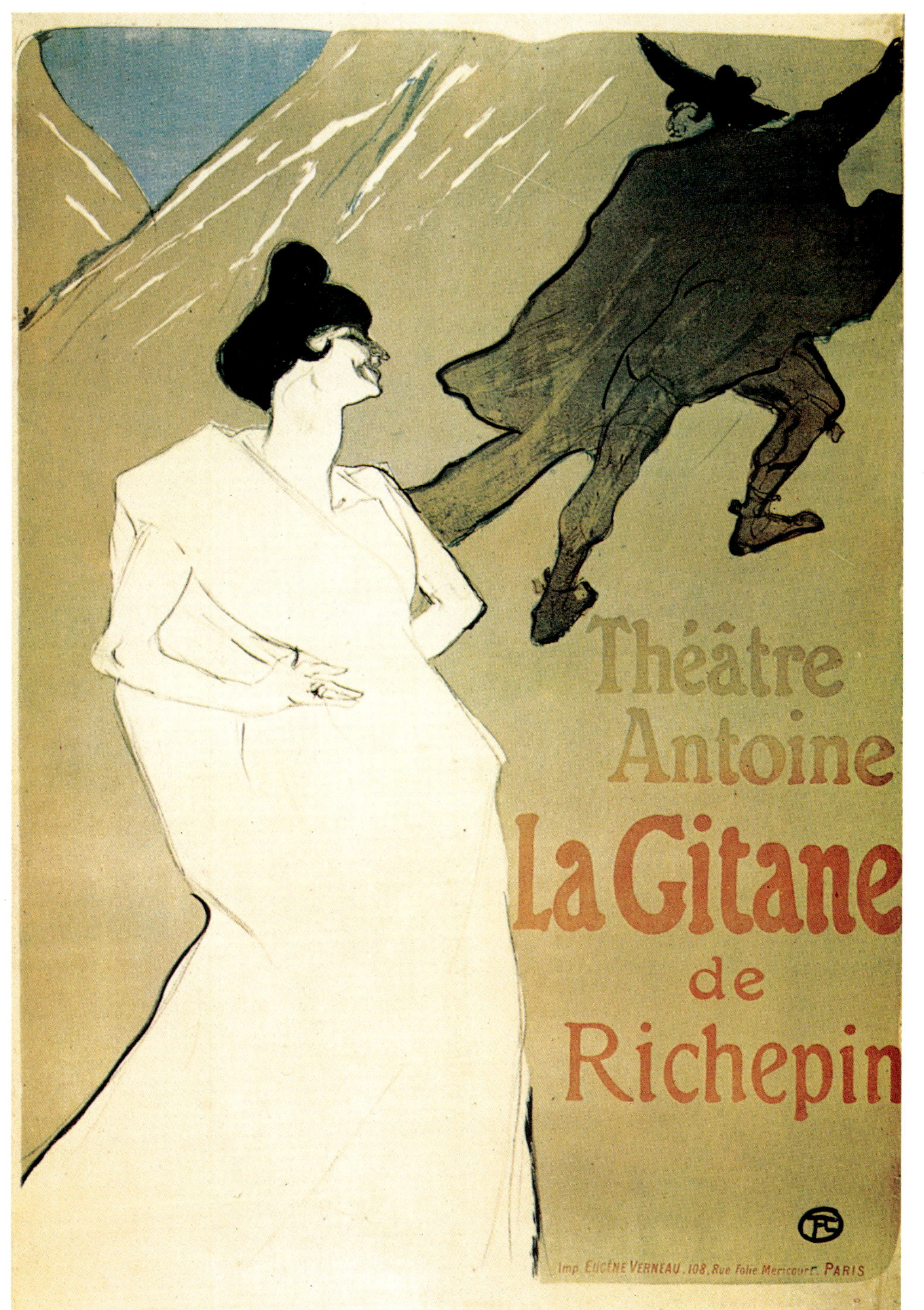

라 지타느
LA GITANE

로트렉의 포스터는 모두 30점이 알려져
있으며, 1891년 첫작품 이후 그 수는 어느
한 해에만 많이 그리지 않고 평균적으로
그렸는데, 이것은 그 중에서 마지막에 그린
것이다.

로트렉은 1893년에 뱀이 몸을 칭칭 감는
바람에 몸을 비틀며 괴로와하는 잔 아브릴의
모습을 포스터로 제작했는데, 이것은
라르누보의 악취미적인 일면을 의식적으로
드러낸 것 같은 당시 로트렉의 정신에 깃든
어두운 그림자를 상징하는 작품으로
제작하였다.

앞쪽에 선 모델은 앙트와느 주단의
여배우 마르트 메로.

바탕 색을 이용한 밝은 포즈는 포스터의
생명인 대중의 시선을 끌어들이기에 알맞는
작품이다.

1899∼1900년 石板 109.4×64cm
알비 미술관 소장

Lautrec

* 로트렉 사인

랑 가문도 그에 못지않은 명가(名家)였
으며, 따라서 이른바 혈통이 좋다는 점
에서는 로트렉은 프랑스의 수많은 화가
들 중에서도 으뜸간다고 해도 무방하다.

부친되는 알퐁스는 결혼하기까지는 창
기병(槍騎兵) 연대에 적을 두었으며, 결
혼한 뒤에는 마음이 내키는 대로 승마나
매사냥을 하며 즐겼다기보다 오히려 이

것을 유일한 삶의 보람으로 삼고 있었다.
한편 어머니 아델은 상냥하고 겸손하면서
도 마음씨가 섬세했으며 취미라고는 독
서와 혼자서 생각에 잠길 따름인, 매우
정숙하고 가정적인 형의 여성이었다.

어린 시절의 로트렉은 남아 있는 사진
으로 미루어 보건대 과연 명가(名家)의
자제답게 생김새가 고상하며, 「프티 비
주」(작은 보석)라 불리며 온 집안의 인
기를 독차지하고 있었다는 것을 충분히
짐작할 수 있다. 부친 역시 자기 아들에
게 상당히 큰 기대를 걸고, 아들이 12세
되는 생일에 선물한 매사냥에 관한 책

물랑루즈 라 굴뤼
MOULIN-ROUGE LA GOULUE

포스터 작가 또는 석판화가로서의
로트렉의 화려한 데뷔를 장식하기에 알맞는
기념비적인 작품이다.
　물랑루즈(빨간 풍차)는 1889년에
개장했는데 삽시간에 파리장의 인기를 모아
몽마르트르의 상징적 존재가 되었다.
　게다가 이곳을 찾아 오는 손님 중에는
러시아의 황태자, 웨일즈 공(후에
에드워즈 7세) 같은 사람도 들어 있었다고
한다.
　이 포스터의 배경에 보이는 인물들의
실루엣은 그것이 실루엣이기 때문에 이러한
화려하고 번창한 상황을 더욱 암시적이고
효과적으로 느끼게 하는 것 같다.
　중앙에서 카드리유를 추고 있는 것은 당시
21세 된 인기 댄서 라 굴뤼이고, 그 앞쪽에서
특징적인 옆 모습을 보이고 있는 것은
마치 뼈가 없는 것 같은 발랑탱이다.
　이 포스타는 현재 몇 장 남아 있으나,
완전한 것은 극히 드물나.

1891년 石板 195×122cm
알비 미술관 수장

에 다음과 같은 글을 적어 놓은 것을 봐
도 짐작할 수 있을 것이다. 「아들아, 잊
지 말아라, 대기(大気) 속에서의 생활,
쨍쨍 내려쬐는 태양 아래서의 생활만이
건강에 적합하단다. 어쨌든 자유를 빼앗
긴 자는 자기 자신을 상실하게 되고 얼
마 안 가서 멸망한단다. 이 조그만 매사
냥 책은 광대한 자연 속에서의 생활이 얼
마나 멋진가를 너에게 가르쳐 줄 것이다.
그리고, 뒷날 네가 인생의 쓰라림을 맛
보게 되었을 때, 무엇보다도 말이 그리고
개, 매가 너의 소중한 벗이 되고 이 세
상의 괴로움을 조금이나마 잊게 해 줄 것

이다.」
　이 말은, 그후에 로트렉이 더듬은 운
명을 생각해 볼 때 아이러니컬하게도 매
우 예언적인 것이었다고 하지 않을 수 없
다. 「대기 속에서의」, 「쨍쨍 내리쬐는 태
양 아래서의」 생활은 로트렉보다 먼저 활
약한 인상파 사람들에게나 주어져야 마
땅하며, 또 사실 주어졌던 것이었으나,
그들 후의 로트렉의 생활과는 퍽 거리가
먼 것이었기 때문이다. 하긴 그는 오래
지 않아 「인생의 괴로움」을 뼈저리게 맛
보게 되어 있었다. 그러나, 그때 그의 벗
이 되고 마음의 위안이 된 것은 말도 아

니고 매도 아닌 바나 카페의 한구석에서
마시는 한 잔의 럼주(酒)였으며, 또한 화
류계 여자들과의 하룻밤의 교정(交情)이
었다.
　1878년 5월 30일은 로트렉에게는 숙명
적인 날이었다. 알비에 있는 로트렉 일
가의 오랜 저택, 오텔 뒤 보스크에서 소
년 로트렉은 발을 헛디뎌 그만 왼쪽 다
리가 부러졌다. 거실에서 단란하게 담소
하고 있던 가족들 앞에서 일어난 사건이
었다. 로트렉이 걸터앉은 의자 밑의 빗자
루에 발이 걸려 이런 큰 사고가 일어나
게 되었다고 한다. 그리고 몇 달 뒤 제2

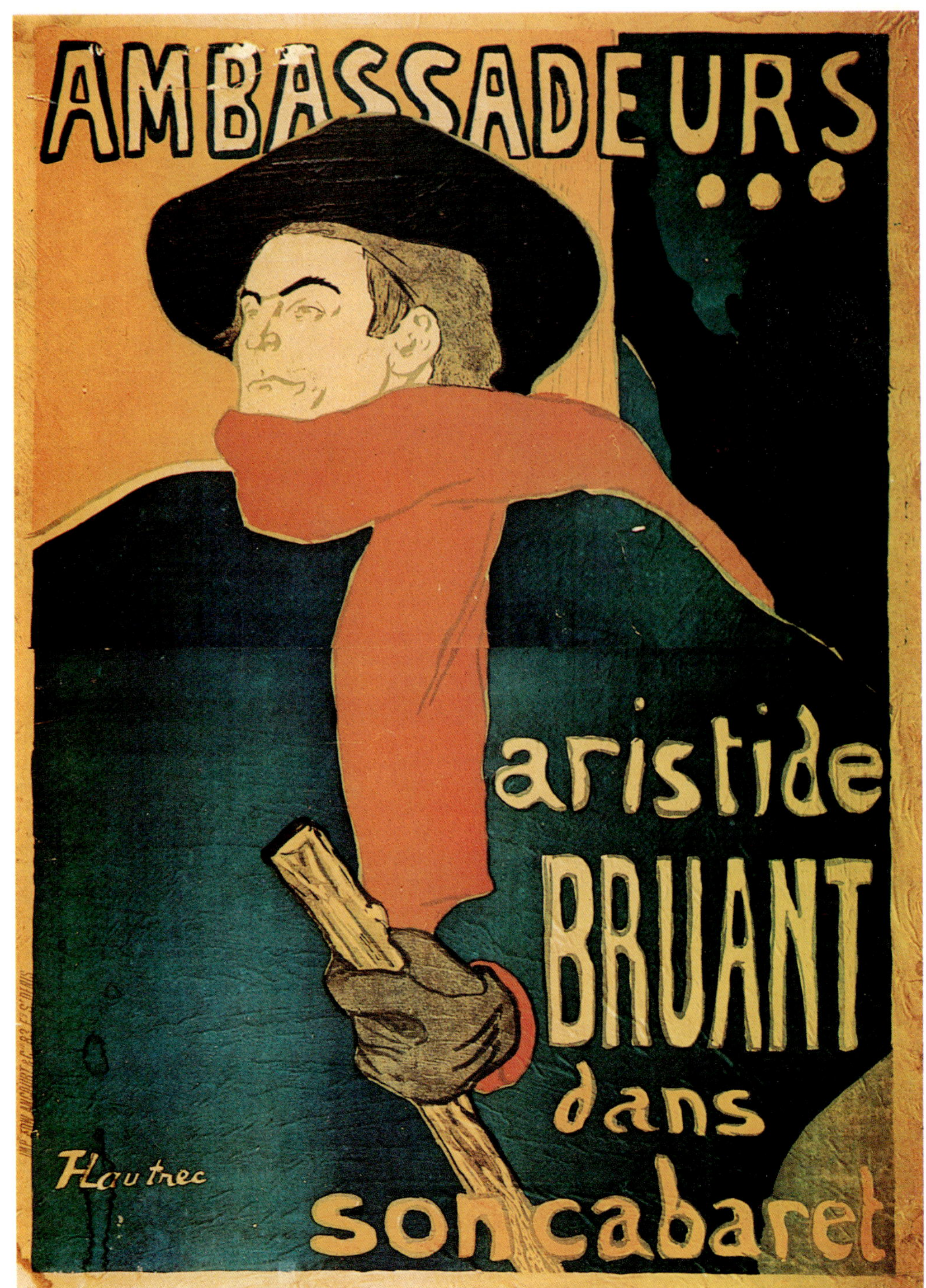

앙바사피르의 아리스티드 브뤼앙
ARISTIDE BRUANT AUX AMBASSADEURS

아리스티드 브뤼앙(1851~1925년)은 당시 몽마르트르의 인기 가수인 동시에 작사와 작곡도 잘했다.

1885년에 카바레 밀리통을 개장했으며, 이 무렵부터 로트렉과 친했는데 당시 갓스물이 된 로트렉을 처음으로 창녀의 세계에 유인한 것도 그였으며 말하자면 악우(惡友) 가운데 한 사람이었다.

로트렉은 그를 위해 꽤 많은 데상과 유화를 남겼는데 화가 로트렉의 그리고 또한 가수 브뤼앙의 진미를 가장 잘 나타낸 것은 이 작품을 포함한 4점의 석판 포스터일 것이다.

그것들은 차양이 넓은 모자에 다크 블루의 망토, 게다가 주홍색 머플러를 각각 평탄한 색면으로 분할하고, 단순 명쾌한 화면 구성으로 완성한 작품이다.

1892년 石板 150×100cm
알비 미술관 소장

의 비운(悲運)이 그에게 닥쳐왔다. 바레 쥐 근처를 어머니와 함께 다리를 절며 산책하던 로트렉은 깊이 1~1.5m가량 되는 길가의 도랑에 빠져 이번에는 오른쪽 다리가 부러진 것이다.

이런 계기로 하여 저 기형적인, 우리에게도 낯익은 로트렉 상(像)이 서서히 형성되어진다.

까마귀의 부리가 달린 지팡이를 짚고 간신히 걸음을 옮길 뿐만 아니라 그 우람한 머리가 보통 사람의 가슴에 겨우 닿을 정도로 조그만 사나이. 그는 언제나 산고모를 푹 눌러 썼는데 얼굴은 검은 수염이 덥수룩했다. 그런데 이 수염과 함께 무엇보다도 사람의 눈길을 끈 것은 축축하고 육감적인 두꺼운 입술이었다. 그의 코도 역시 굵직했다. 게다가 거기에는 언제나 코걸이 안경이 걸려 있었고 그 너머 선량하고 자신에 찬 두 검은 눈동자가 빛나고 있었다.

1882년 18살이 된 로트렉은 화가 르네 플랑스트 밑에서 드디어 본격적인 그림 공부를 시작하였다. 아버지의 친구인 동물 화가 플랑스트는 특히 말 그것도 더러 브렛만 그리는 화가로 알려졌다.

로트렉은 이 스승에게서 그의 가장 좋은 점, 즉 발랄한 소묘력과 생생한 동감(動感)의 표현을 배웠다. 후에 레옹 보나의 문하에 들어갔는데 얼마 안 있어 보나의 아틀리에가 폐쇄되고 코르몽의 아틀리에로 옮겼는데 아카데믹한 분위기 속에 많은 제자들이 있었고 그 중에는 고호나 에밀 베르나르 같은 젊고 훌륭한 화가들이 있었다.

로트렉이 화가로서 데뷔한 것은 그가 〈물랑 드 라 갈레트에서〉를 출품한 1889년의 제 5회 앙태팡당전이라고 일단 생각해도 좋을 것이다. 그러나, 「데뷔」라는 의미를 중요한 전람회의 첫참가라는 의

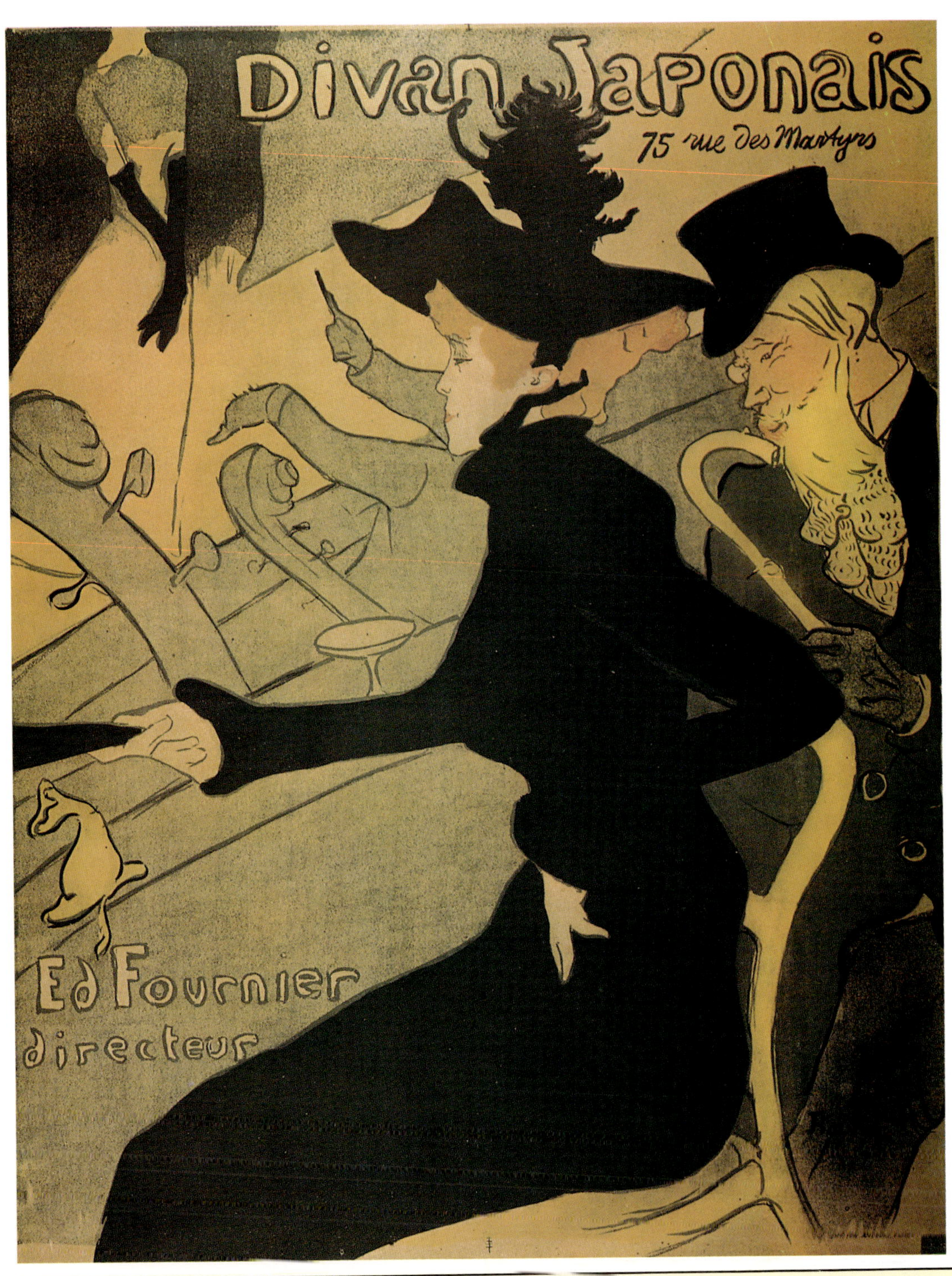

로 데이반 자포네
LE DIVAN JAPONAIS
1892~93년 石板 80×60cm
알비 미술관 소장

미가 아니라 사회적으로 이름이 알려진다는 것으로 해석한다면 그가 데뷔한 것은 2년 후인 1891년 그가 물랑루즈 라 굴뤼의 포스터를 들고 등장한 때라고 해야 할 것이다. 그는 그 뒤 10년 간에 약 30점의 포스터(석판화)를 디자인했는데 이것은 첫출발을 장식하기에 충분히 어울리는 걸작이다. 이것은 단지 로트렉 개인의 예술사에 있어서 뿐만 아니라 석판화사 및 포스터 예술의 기념비적인 업적이라 하겠다.

그의 석판화나 유화를 통해서 불수 있는 점은 그 성격 묘사가 선명하다는 것이다. 달리 말하면, 그 인물의 얼굴을 포함한 몸 전체 표정의 가장 특징적인 순간을 스냅쇼트(크로키와 같이 빠른 솜씨로 그린)로 포착하여 이것을 정확하게 정착시킨다는 점에서 그의 재능은 같은 시대의 예술가들 중에서 뛰어났다. 예를 들면 〈물랑루즈에서〉 속에서 중앙의 라 굴뤼와 상대하여 춤추고 있는 무골충 발랑탱의 바닥에 사뿐히 닿은 그의 오른발만으로도 설사 그의 전신상은 없지만 이것이 일세를 풍미한 유명한 댄서인 발랑탱이라는 것을 알기에는 충분할 것이다. 따라서 로트렉의 소묘력이 비범하다고 말

할 때 거기에는 이와 같은 각 인물의 이른바 「결정적 순간」을 포착하는 데에 그가 매우 예민했다는 의미도 포함되어 있는 것이다. 그 때문인지 로트렉의 인물화, 특히 곡예사나 창녀 등에서는 모두 강렬한 개성, 그의 작품 속에서만 찾아볼 수 있는 강렬한 개성이 감돌고 있다.

물론 그의 개성을 뒷받침하는 사회적인 여건이나 집안의 분위기, 자신의 주변도 무시할 수 없음은 물론이다.

그림 세계에 묻힌 코르몽의 아틀리에 시절을 보낸 그의 참된 관심은 몽마르트르에 산재해 있던 인간들과 바의 술렁이

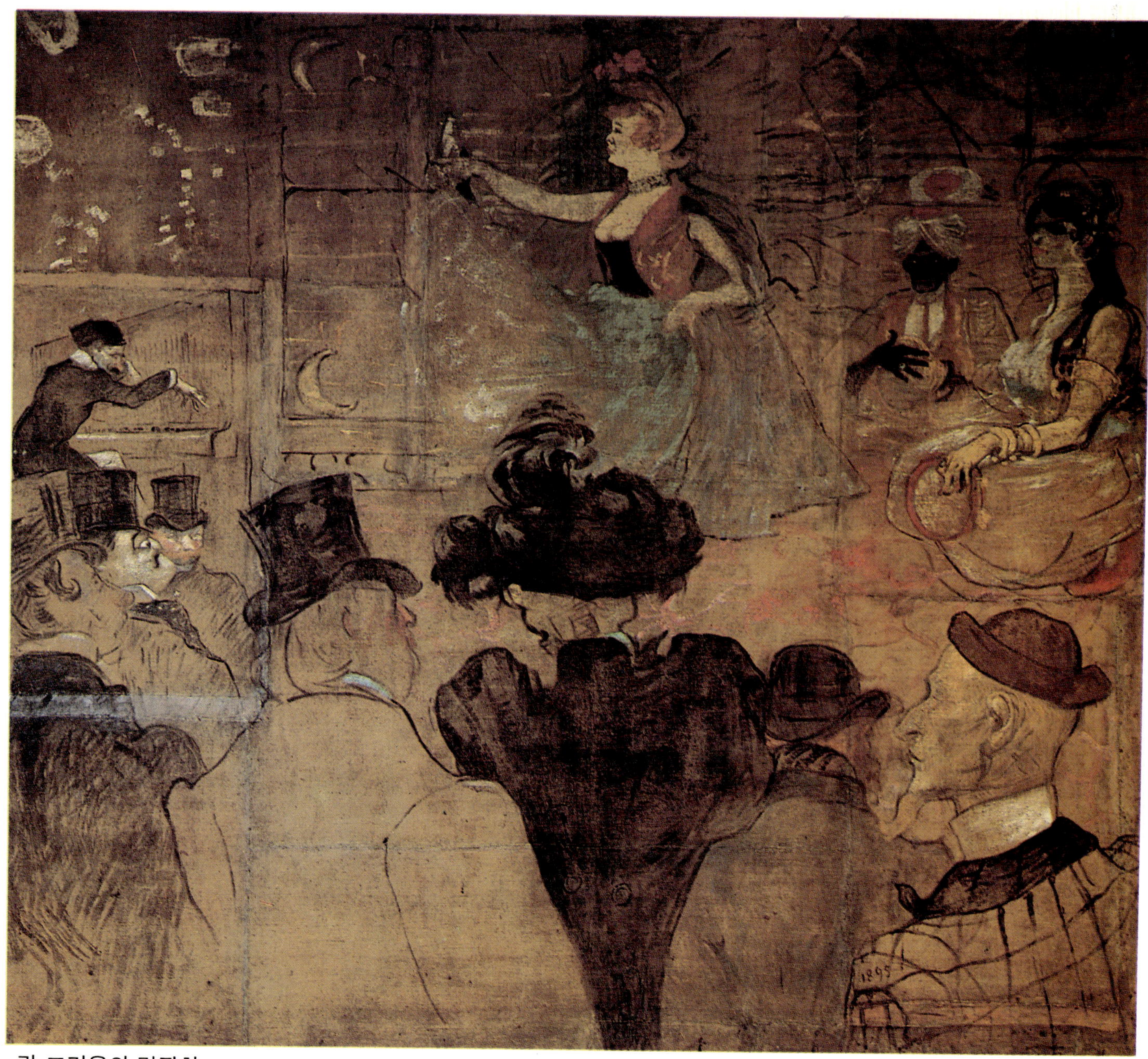

라 그리우의 간판화
DÉCORATION DE LA BARAQUE DE LA GOULUE

1895년 캔버스 油彩 298×316cm
파리 인상파 미술관 소장

는 삶의 모습이었다. 남쪽의 몽파르나스에 대하여 파리의 북쪽 구릉지(丘陵地) 몽마르트르는 그 무렵 환락가로서 두각을 나타내고 있어 코르몽의 아틀리에가 있는 콩스탕스 가(街)와 이곳에서 사귄 동료의 아파트 주변이다. 하지만 예술적 영감원(靈感源)으로서 몽마르트르에 젖기 위해 퐁테에느 가(街)로 이사까지 하였다. 그의 작품 세계에서 중요한 것은 이 무렵을 전후하여 우리가 아는 로트렉 본래의 모습이 두드러지게 나타난다는 점이다.

동적, 유기적이면서도 인공적인 것에 대한 로트렉의 관심은 반대로 정적, 무기적, 자연적인 것에 대한 공통된 무관심

마저 가져온 것이며 말하자면 그 대표가 풍경으로서의 인물이었던 것이다. 따라서 같은 시대의 인상파가 제창한 이른바 외광화(外光画)라는 것은 본질적으로 그에게는 맞지 않았다고 할 수 있을 것이다.

그가 추구한 것은 빛나는 태양 또는 그 아래서 시시각각으로 변모해 가는 자연의 모습이 아니라 카페나 극장의 스포트 라이트의 교차이고 가스등의 불빛이며 또는 그곳에 희미하게 떠오르는 사람들의 만화경(萬華鏡) 같은 이미지였다.

로트렉 자신도 나중에 그에게 흥미있는 것은 오직 인간뿐이다고 말한 바 있었다. 그 말을 뒷바침하는 예로 몽마르트르 내변을 탐미하던 1890년 전후 〈물랑

드 라 갈레트에서〉와 그 뒤를 이어 인기를 올린 〈물랑루즈 등에서〉 볼 수 있지 않는가. 같은 주제를 다루어도 르노와르의 유명한 〈물랑 드 라 갈레트에서〉의 밝고 건강한 비전과 비교하면 로트렉의 경우는 역시 시대의 분위기를 반영해서인지 강한 색과 명쾌하며 속도있는 선에 의하여 세기말적인 일말의 그늘과 난숙한 향기가 화면의 여기 저기에 감돌고 있는 것 같다. 로트렉은 작품 속에서 자기의 인생을 이야기했다. 그의 작품은 곧 그의 갖가지 감상을 적은 일기 같은 것이다. 경마장에서나 뮤우직 홀에서나 몽마르트르에서나 또는 인간들이 있는 곳이면 그의 연필은 그가 어디 있었는가, 그가 무엇을

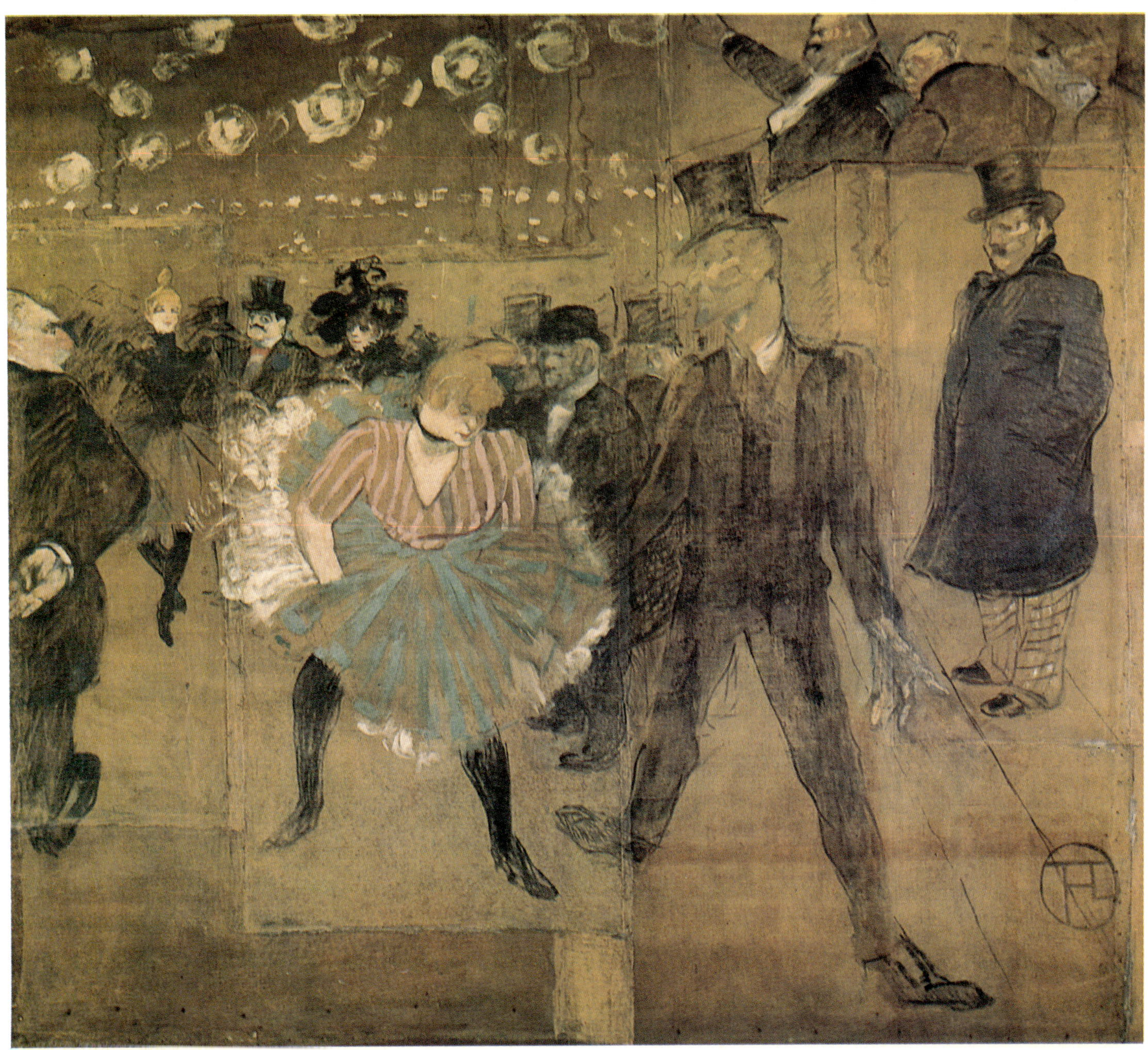

라 그리우의 간판화
DÉCORATION DE LA BARQUE DE LA GOULUE

1896년 캔버스 油影 285×307.5cm
파리 인상파 미술관 소장

보았는가를 말해 준다. 어떤 특정한 주제를 찾아 헤메는 많은 화가와는 달리 그는 스스로 그의 눈에 「제공된」 것 이외에는 데상을 할 생각도 않았다. 더더구나 부탁을 받고 그린 적은 없었고 오직 자기의 마음에 든 사람 이외에는 그리려 하지 않았다.

그의 작품에서 볼 수 있듯이 대상을 사진처럼 충실히 베끼지는 않았다. 그것들을 본 순간의 인상에 따라 자기 나름대로 해석한 것이다.

그의 데상 한 점 한 점에는 의미 심장한 말 같은, 또는 기학적(嗜虐的)인 고백 같은 그런 종류의 가치가 있다. 예를 들면 연필로 그은 아무리 사소한 선이리 할지라도 거기에는 로트렉의 전부가 나타나 있는 것이다. 그는 평소에 이야기하듯이 데상을 했다. 그의 시각이 날카롭고 독특했기 때문에 딴 화가의 작품과 혼동하는 일은 절대로 있을 수가 없는 것이다. 로트렉의 데상을 흉내낸다는 것은 라 퐁테에느의 우화(寓話)를 흉내내는 것과 마찬가지로 불가능한 일이라고 해도 무방할 것이다. 아마 그와 동등한 위대한 화가는 또 있을 것이다. 그러나 그만큼 개성적인 화가는 없을 것이다.

1900년의 파리 만국 박람회가 시작되기 조금 전부터 로트렉은 심한 알콜 중독에 의해 건강이 더욱 나빠졌다.

그의 모습은 이미 르와이알 가(街)에는 없었고 전해오는 말로는 보르도 근처에 있는 양친의 집에 들어가 있었다. 화가가 공적(公的)으로 「인정받은」 존재인가 아닌가 하는 것을 말하는 하나의 척도는, 그의 작품이 공적이며 대표적인 미술관에 소장되어 있느냐 않느냐 하는 점인데, 로트렉의 경우 그의 작품 〈여자 어릿광대 샤 위 카오〉가 루브르 미술관에 들어가 일반에게 공개된 것은 1914년 그가 죽은 지 13년이 지난 뒤였다. 몇몇 사람들을 제외한 당시의 대다수의 사람들에게는, 로트렉은 한 마디로 말해서 세기말에 나타난 파리의 한낱 풍속 화가인 동시에 희화 작가(戲画作家)였으며 창녀의 화가, 사창가의 화가였다. 좀 좋은 표현이라면

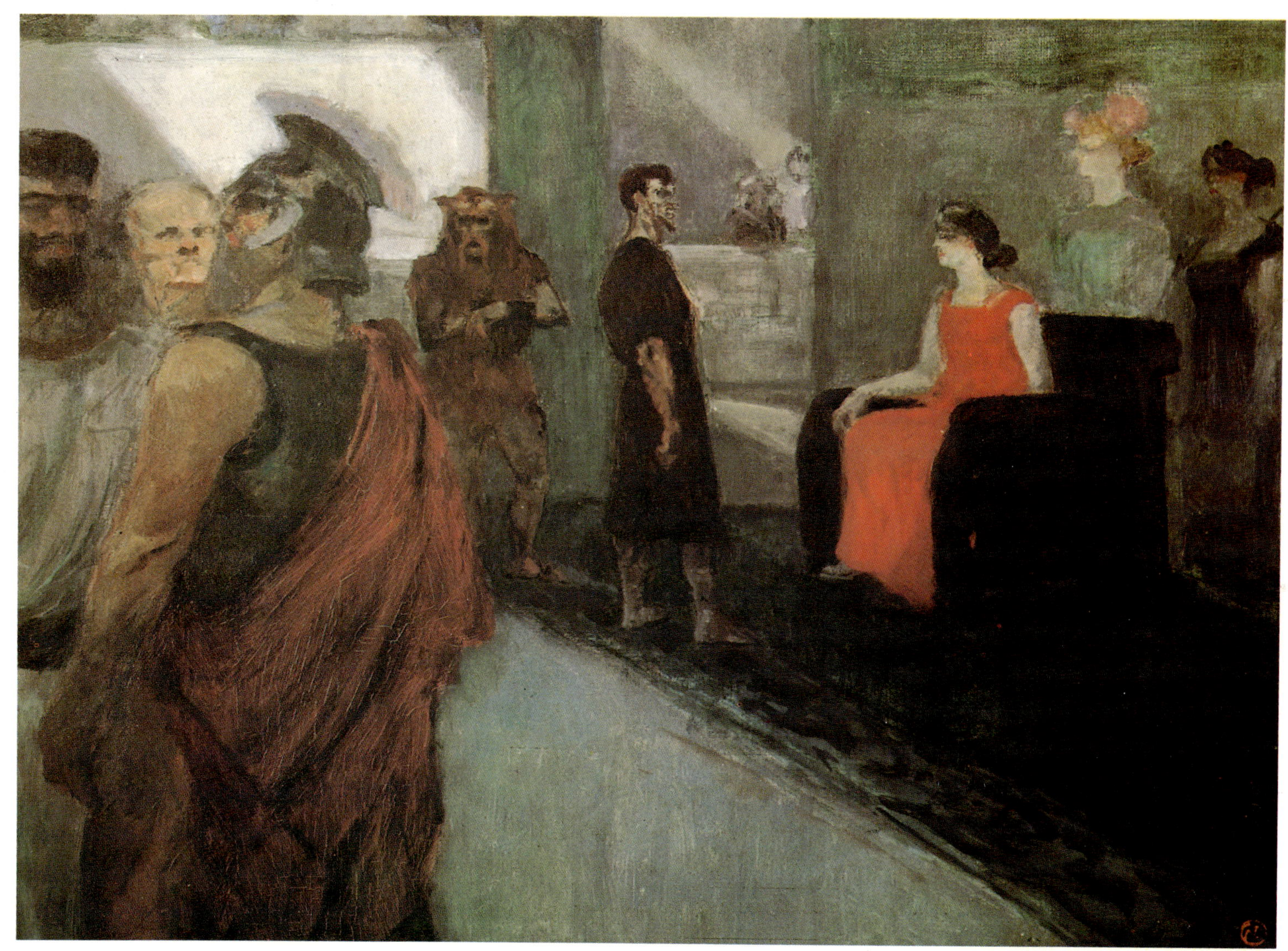

메살리느
MESSALINE
1900~01년 캔버스 油彩 46×61cm
알비 미술관 소장

참신한 감각을 지닌 포스터 작가 또는 판화가에 지나지 않았다.

스캔들을 날조하여 그의 인간과 예술을 깎아내리기 일쑤인 저어널리즘이나 사람들의 냉대는 작품 제작의 채찍이 되었다. 어떻게 보면 부유한 가정과 그 주변 탓으로 같은 세대의 고호나 고갱에게서 느낄 수 있는 이상과 현실의 갈등이나 비극적인 좌절감 따위는 전혀 느낄 수 없다는 것이다. 고매한 이상을 위해 죽음을 무릅쓰거나 세속에 초연하면서 자기의 인생과 예술을 지켜 나간 것도 아닌 현실 속의 그대로였다. 적어도, 보기 위해 산다기 보다, 오히려 봄으로써 살고, 본 것을 그림으로써 더욱 열심히 살았다는

것은 우리에게 있어서나 그 자신에게 있어서나 공통된 진실이 아닐까?

만년의 음주벽은 고칠 수가 없었고 건강은 어머니의 극진한 보살핌에도 불구하고 다리부터 마비가 시작되고 손엔 경련이 일곤 했다. 그가 생을 보낸 캔버스 속에 넘나들 수 없는 아픔을 알았을 때는 이미 때는 늦은 것이다. 멀지 않아 자기가 죽을 것을 예감한 듯이 거기에 있던 소지품을 정리하고 자기의 작품에 제작 연대와 서명을 적어 넣었다.

1901년 8월 20일 말로메로 돌아간 로트렉은 다음 달 9월 9일 어머니가 지켜보는 가운데 조용히 세상을 떠났다. 라파엘로, 카라바지오, 와토, 고호 등과 마찬가

지로 37년의 생애였다.

보들레에르는 「현대 생활의 화가」에서 「보는 능력을 부여받은 인간은 매우 적다. 표현하는 힘을 지닌 인간은 더욱 적다. 그런데 지금 딴 사람들은 잠자고 있는 시각이건만 그 사나이는 테이블 위에 몸을 웅크리고 얼마 전까지 사물에 쏠려 있던 것과 똑같은 시선을 종이 위에 날카롭게 던지고 연필, 펜, 또는 화필을 열심히 놀리고 있다……. 이윽고 사물은 종이 위에 자연의 모양으로, 또는 그 이상의 것으로 되어 아름답게 또는 아름다운 것 이상으로 되어 독특한 모습으로 마치 작가의 영혼처럼 승화된 생명이 불어넣어져 새로 탄생되는 것이다. 」라고 적었다